Gaea

GAEA

蟬鳴與魚夢

Our days after that summer

汪恩度——著

蟬鳴與魚夢

目錄

第一章

夏蟬之夢

夏蟬躲在枝葉相交的陰影處鳴叫，宏亮的聲音令牠們即使隱匿，也總是很快被發現。這裡、那裡、粗糙的樹幹上、屋牆的夾縫處，到處都是夏蟬的行蹤。牠們身上帶著翠綠的顏色，因爲長期躲在樹蔭下，被染上了葉的痕跡。

每當抬起頭，就能看見牠們揮動翅膀，橫越過空無一物的白色天空，光透過牠們的翅膀灑落，射散出霓虹一樣的光，也或許是那些原本沾附在夏蟬翅膀上的色彩，隨著飛行而掉落，落入無人的田野中。

每年暑假，母親都會將他送來這裡。這裡，沒有他平時習慣的遊戲，也沒有那些同學們談論的卡通節目；這裡很安靜，是一個只有蟬鳴與貓頭鷹叫聲的地方。

通常，父母會將車子停在離阿公家有些距離的空地，一面摸著他的頭，囑咐著要他多聽阿公的話、早點睡覺。

母親很怕他不習慣這裡，所以每次送他來時，總會幫他準備一大包東西。有滿滿的零食、書籍，還有寫不完的作業。每次母親與父親合力，將那些兩個月內所需的物品與零食從後車廂搬進阿公家時，他都能看見阿公皺起眉頭，微微張開的嘴彷彿想說些什麼，最後又緩緩閉上。

阿公的臉十分光滑，被陽光燻烤過的氣色甚至看起來比父母還要健康。他一年四季，無論風雨都穿著輕薄的短袖配上短褲，露出被曬黑了的小腿。

「阿公，帶我去抓蟬好嗎？」每當阿公皺起眉，他就會過去拉拉阿公的衣角這樣說。起初，阿公會十分開心地帶著他前往那些只有自己才知道的祕境，在那裡可以抓到最漂亮的蟬。可隨著次數越來越多，阿公聽到這個要求的反應逐漸改變。後來，阿公帶他去捕蟬之前，總是會重複地問：「每年回來都要抓蟬，你怎麼都抓不膩？」就與他重複且不間斷的要求一樣，這成爲了他們之間共有的一個小習慣。

他們捕蟬沒有太多技巧。雖然阿公的歲數大上他許多，但阿公也許已經忘記了自己童年是否曾經做過這樣的事，即使每年夏天都會重複這些舉動，阿公卻再也找不回曾經有過的熟悉。

那張修補過多次的大網每一次向樹梢揮去，白色的網袋中總能發現除了樹葉外，零星幾隻的夏蟬。他們重複揮動著那張又大又寬的網，白色的網布一次次掛上樹梢，用努力與汗水，換取豐收。

如同阿公堅持每日風雨無阻地農耕，即使腳底因爲長期踩踏土石而乾裂，形成一條深深的溝縫，將土地與歲月都鑲進了肉裡。

被他們捕抓來的蟬會集中裝進帶來的觀察箱。箱子裡裝滿了密密麻麻的蟬，牠們有些匍匐在箱底，有些攀爬著透明平滑的箱壁，企圖脫離這個充滿了不安的怪異空間。

他靠近觀察那些在箱中爬動的蟬，一對黑色的大眼睛就在那些複眼之中放大，像是兩個又大又深的洞，將牠們嚇得相互交疊，爬離那面有著他面孔的透明箱壁。

第一天抓到的蟬，有三分之一會在第二天墜落箱底，不再動彈。牠們縮起纖細的腿腳，腹部朝上橫躺的姿勢像極了睡覺，也許只差在牠們腿腳折起的方式與緊縮的程度不太一樣。

他會將那些不再動彈的蟬一隻隻撿出來，放到大的玻璃罐裡，隨著罐中的蟬越積越多，直到滿至瓶口，他就把瓶子擺放到正午的烈陽下曝曬，將蟬體內的水分都曬乾，期望能防止腐化。

每年，他都會從阿公家帶回滿滿一瓶子的蟬，然而這些蟬卻總是無法在他的生命之中停留，就如同這種昆蟲短暫的生命。即使將牠們曬乾、保存，滿滿一瓶的蟬也總會在他回家那天被丟棄，因爲母親十分害怕這種長有翅膀與六隻腳的生物。

裝滿蟬的玻璃罐、曝曬成與阿公同樣膚色的自己，以及每年重複來到這裡的記憶，一切彷彿都是可隨意丟棄的。如同一場短暫夏夢，醒來之後那些曾經存在的情感、歡笑，都變得模糊且難以回憶。

夏蟬仍躲在枝頭鳴叫。只有他一人站在帶著溫度的微風裡，側耳聽著那些紛雜不一的聲音，彷彿有著某種規律，那規則太過奧妙，即使他無數次傾聽，都無法掌握。牠們偶爾輪番響起地獨唱，偶爾又會十分興奮地大聲合唱。

不過這次，他沒有去到那個以往總是跟阿公一起去的祕密地方。最近這些日子，阿公的腿腳逐漸被田地裡的濕土同化，變得像田泥一樣鬆軟，不再堅硬且柔韌地托著阿公那經過農務鍛鍊的身軀，也不再支撐阿公與自己，一同穿越那些通往祕境前必經的崎嶇道路。

掛在身上的透明觀察箱因風而微微擺動，就像是他手上高舉著的白網，以盡可能向上延伸的姿勢，雲朵一樣的布網鋪天蓋地，撲向那些展延出去的樹梢與綠葉中。

他重新收回那張比自己臉都大的網子，將那些掉進網內的樹葉挑起，攀附在網底，企圖透過那軟綿的布紋向上爬的蟬們，出現在了面前。

這趟只有自己一人的捕獵，抓獲的蟬大多都是灰黑色，帶著細毛的模樣；與從前那些朝氣蓬勃，被樹葉暈染成綠色的蟬們不同。

爲此他還特別查過圖鑑，那些綠色的個體在圖鑑中的名字叫作台灣姬蟬，喜好在五到九月出現，從平地到海拔八百公尺的山區都有分布，而另一種抓到特別多的灰蟬，圖鑑上說叫作高砂熊蟬，多出沒在五到九月，是台灣普遍的蟬種之一。

這一批出現在網中的灰蟬們相對於之前的蟬暴躁也好動許多，牠們一隻隻在網中亂竄，同時也沿著一切可能的路線攀爬，企圖找到擺脫困境的希望。

他以兩隻手指挾起一隻最大、最胖的蟬。向著陽光，隱約能看見牠身上那層灰色的鱗毛微微反光，呈現出如同金屬的光澤。那六條粗胖的腿無助地在空中揮動、掙扎。但是他不會放開牠，也不會放走網子裡的任何一隻蟬，牠們都將作爲戰利品，被自己收納到透明的觀察箱裡。

一隻、兩隻、三隻……

這場只有自己的行動遠遠比不上之前的收穫，直到天邊泛起淺淺的灰色，他重複著一次又一次的舉網、捕抓，最後卻只收穫零星幾隻蟬。

蟬即使同時聚集在箱底，也能保持足夠的空間讓牠們不需互相交疊，更無需爲了躲避其他蟬，而去攀爬那光滑的透明壁面。

牠們就在那裡，箱子的最底，一改先前在網中那樣劇烈且魯莽的掙扎，像是認命了一樣，安靜不動彈。

少了阿公的帶領，這一趟捕來的蟬也許無法再裝滿整個玻璃罐。但那一切都顯得無足輕重，因爲終究，都不是他這雙不及阿公與父母大的手，可以獨自決定或持有的。

太陽自天邊傾斜，軌跡橫過半個天空，空中散布著橘紅色的雲霞，將整片綠林都鍍上一層暖橘色的光。

即使被抓到觀察箱中，那些蟬還是不停地大聲鳴叫，牠們的聲音與周圍其他未被捕獲的同伴共振著，彷彿整座樹林中的蟬都哀送著離別，爲了牠們，也爲了自己。

他收起白色的網，將它扛在肩上，獨自一人走在被斜陽光照，仍留有餘溫的路面。

□

「聿書啊，快來吃飯了，吃完飯去阿公的菜園幫忙好不好？」

擺放在圓桌上的菜色十分豐盛，有魚、青菜、豬肉，外加一鍋湯。湯的顏色呈現混濁的乳白，像是熬煮了許久，將其中的湯料都化爲濃稠的汁水，只要喝下一口，就能夠攝取到濃縮的精華，將之轉化爲成長的養分。

「好啊，我可以幫忙做什麼？」他朝碗裡挾上大量的肉，又極爲自動地替自己與阿公各舀了一碗湯。

剛燉好的湯蒸騰著熱氣，白煙一縷縷從扣著碗口的指縫中飄出，如同將手浸入水中般潮濕，令他想起菜田經灌溉後的濕潤泥巴。當他將手插入土中去挖掘那些深根的雜草時，泥巴就如同擁有雜草頑強抵抗的意志般，緊緊纏繞在他的手心、指尖之上，帶著濕潤與草腥味，慢慢地滲入肌膚，沁入他的四肢中。

如果更多地接觸土，他是不是就會跟阿公一樣生出堅實的腿，不會因爲陷入泥濘中而停下步伐？即使阿公現在已不再與自己一起進行兩人間的尋寶遊戲，他還是渴望能擁有被烈日烘烤過後，黝黑的肌膚，以及如阿公般結實的雙腿。

阿公替自己又添了一碗湯低頭喝著，冉冉的水氣模糊了他的臉孔，將那些皺紋的痕跡都填滿，如同萎去的菜葉被澆灌而重新舒展，呈現出豐潤的模樣。

「你就在旁邊，幫阿公拔拔雜草，如果有看到菜蟲就抓起來，就可以了。」

於後他忽然驚覺，並不是水氣模糊了阿公臉上的皺紋，而是阿公笑了。就像是開滿小徑的花，一朵朵，或白或粉五顏六色的，往往只有仔細尋找才能看見它們。阿公的笑容也總是不太顯眼，每每會被他臉上縱橫斑駁的痕跡掩蓋。

「好，我最會拔草了！」

他喜歡阿公臉上的那些痕跡，與深藏在肌理下，對自己不經意顯露的微笑。因爲他總是能從那對著自己微笑的眼中，找到自己完整的模樣。

阿公吃飯時就像是颱風，稀里呼嚕一通，就將碗裡的飯菜吃完，再仰頭把湯一口氣吞掉。吃完飯後，阿公會先將自己的碗筷收到水槽洗淨，結束後還有時間回到座位上，等他吃完。

他總是一下看看自己，等膩了又轉去看幾眼電視，再十分不專心地說：「你吃飯實在很慢，每次等你吃飯都等好久。」

「媽媽說吃飯要細嚼慢嚥，吃太快會消化不好。」他總是這樣回答，然後又說：「阿公你也要吃慢一點，身體才會好。」

阿公對他的回答通常不予置評，只是將目光移向其他方向，從喉間發出一、兩聲短促且含糊的低音，僅用來敷衍這個比自己年紀要小上許多的孫子，並不具有任何實質意義。

他不排斥阿公這樣的回應，或者說他十分享受阿公這樣的回答。這讓他有種取回了丟失說話機會的的恍惚……在那個華麗繽紛的家裡，他大多數的聲音都容易消融在周遭環境中。

聲音很不容易存留，總在被聽到之前就融進其他的聲音中，所有波紋都交疊在一起，形成一幅繁複的圖像，再也看不見它獨自存在時的模樣。

阿公來回跳轉著特定幾台的午間新聞，終於在看見了第三次相同的報導後，他吃完了面前的飯菜。

「我們走吧！」他學著阿公將碗放進水槽，然後說。

阿公起身關掉電視，並用菜罩將桌上沒有吃完的菜蓋起來。

兩人走出大門，阿公拿起掛在門旁的鐮刀，替他戴上斗笠，已然準備好前往菜田。

從阿公家通往外面的路是灰色的，水泥鋪成的道路旁零星生著一、兩叢雜草，那些雜草一年四季都會開白色的花，長著煙火形狀的果實，阿公把它叫作「恰查某」。

他不理解爲什麼它會被賦予這樣的名字。究竟是哪一點像「查某」了？又哪裡「恰」了呢？雖然問題得不到解答，但經由他長期的經驗得知，這種植物十分可怕。

它不僅會沾附在經過的人畜身上，將瘦果向外擴散，常常阿公才翻完土沒幾天，就可以看見恰查某的小芽沿著翻過的鬆軟土壤生出來，並且只要幾天不除，就長得飛快，又繼續繁衍出新的恰查某，開出那煙火般的瘦果。

所以每當看見「恰查某」，那一定是要連根拔除的。不只要拔除，如果阿公有餘力，還會順便將兩邊的土壤翻一翻，企圖將那些初發還沒有長出土表的小芽都壓入土中活埋。

灰色的路朝下走，隨著逐漸平緩的坡度，偶爾會有幾台機車經過。那些車子有些會停下來與阿公打招呼，有的會遠遠地吆喝著一些他不懂的話語，但不會停車。

他聽不懂那些奔馳在風中的人們，嘴裡究竟說的是什麼，不過阿公每次都能夠聽懂並回應。就像是蟬，他無法聽懂那些變化且繁複的叫聲，但與牠們同一種類的蟬就可以。

阿公的田地與一般在電視、圖片中看見的不同。不是一塊塊整齊的四方形。它更像是某種破碎的殘渣，邊緣有著奇異的斜度，每塊田地的大小也不太相同，或許更像是梯形。

這塊形狀怪異的田地位在馬路旁。據說是路硬要經過阿公的田，於是田地才變成這種奇怪的形狀。

差不多在兩年前，這片田地還是注滿了水的，在萬里無雲的晴空下如鏡面一般，倒映出整面湛藍。阿公通常會踩著那一地暈散的藍，一點點地在鏡面上插上嫩綠的細針，針尖向著天空，像是生物長出的細毛。剛開始的秧苗稀疏且短小，然後會逐漸豐滿起來，將整片土地鋪上一層綠色的細絨。到了秋收時，那些茁壯叢生的綠絨頂端會結出金黃色的串珠，低低彎垂，每逢看到這個景象，阿公的嘴角也會漾開彎彎的笑容。

阿公的雙腳浸泡在水裡，每踩過一步就在泥濘的田地中留下腳印，那些反覆壓印的痕跡，組成一條連貫的痕跡，深淺不一地落在田中。足跡中棲息著一些魚蝦與蝌蚪，牠們隨著阿公行走的方向游動，下沉入土中的小洞內棲息，隱沒在那些陷落的痕跡中。

然而現在已經看不到水田了。取而代之的是一小塊整齊的菜田，堆起的土坡上種著幾排高麗菜、一些地瓜葉與小白菜，還有菜田旁一整片的油菜。

他們來到農田旁時，幾隻白色的蝴蝶正飛舞在阿公栽種的高麗菜上方。牠們三兩成群地繞行著，像是正進行著什麼儀式，又或者是對即將能採摘的高麗菜有所企圖，始終盤旋在最大的那顆高麗菜上。

阿公看見了牠們，黝黑的臉孔浮現有些嚴肅的神情，轉頭看向他。

「你看，『牠們』來產卵了。」

順著阿公凌厲的目光看去，白色的蝴蝶輕靈地舞動，然後突然像是發現了他們不友善的視線，方向一轉，向著高麗菜田隔壁那片油菜而去。

越過田埂的分野，大片盛開的油菜花田中，同樣飛舞著大量白蝶的同伴，牠們穿梭在帶著些許焦黃，又摻雜了幾抹鮮黃色的油菜中，更顯突兀，彷彿昭告著衆人牠們的存在。

「本來想說隔壁種一片油菜給牠們去吃，這個方法果然沒有用。」

看著阿公一臉被騙的氣憤，他模仿父親安慰母親時的樣子。輕輕地拍了拍阿公的手背，「沒關係，我很會抓菜蟲。」本來氣憤的阿公就笑了。

「我知道我們聿書最厲害了，那就拜託你了喔！」

他點了點頭。看向那一片嫩綠的青菜。

「沒問題！」

黃土的田埂旁有溝渠經過，緩慢的水流通向一座小小的蓄水池塘，靜止的水塘一片碧綠，上面有些蚊蟲盤旋著，他也曾看過鮮紅色的蜻蜓出沒在水面。

那是阿公挖出來，有著能夠讓他蜷縮躺入其中的大小。阿公總是叮嚀他小心，不要靠近那座小池塘，但其實在阿公不知道的時候，他早已悄悄探索過這片田地的每一個角落，包含從前那片水稻田還存在時，阿公印踏在泥土中的痕跡。

阿公從堅硬的柏油路面踏上了黃土的田埂，由放在油菜田旁的箱子中拿出用來澆水的長勺子，一瓢瓢舀出池塘中的水，朝著田畦上的菜澆灑。

看著阿公的動作，他不由自主地想起自己探索池塘的那天。看來混濁灰綠的水塘底部原來游動著無數小魚小蝦，還能見到水塘邊緣攀附著無數的螺，大大小小、有胖有瘦，牠們或伸出長長的觸鬚在泥濘中探索，或只是露出一截短短的頭，兩根觸角在水中搖曳著。

隨著阿公手上水瓢傾斜的角度加大，液體灑落在土地的聲音響起，當那瓢水全數被吸入泥土之中，黃褐色的土地轉爲深色，空氣中瀰漫著一股潮濕的氣味。

他蹲下查看著阿公澆灌過的土地，隱約中似乎有些什麼東西在濕潤的泥土裡，藉著反射的水光，微微掙動。

「你在看什麼？那裡有東西喔？」阿公問。

他維持著蹲在高麗菜旁的姿勢，「阿公，你沒看到小蝦子了，要把牠抓回去嗎？」

阿公的表情呆滯了片刻，像是試圖理解什麼困難的問題，下一秒就停止了思考。

「小蝦子喔？那個沒關係啦！」

阿公澆灌的動作沒有停止，落在泥土上的小蝦很快就停止了向上彈跳的動作。也許是牠們終於理解無論如何掙扎，都無法脫離這片乾燥的地域回到熟悉的池塘。那樣遙遠的距離並非以牠們身軀的力量可以到達的。

來自小池塘的水澆濕了整片土地，阿公完成他的固定工作後，雙手扠腰站在田埂邊，望著田地，像是十分滿意自己的成果。他的視線越過那些精心栽種的菜苗，向著更遠處，那一片雜亂的油菜叢望去。

「過一陣子還是把那些油菜都剷掉好了。」他喃喃自語，目光緊盯著那幾隻在田間飛舞的白蝶，腦中盤算著處置牠們的方法。

聽阿公說，那些樸素的蝴蝶是由菜蟲變成，趴伏在農人辛勞照顧的菜葉上，啃蝕被精心呵護的嫩苗，牠們進食的聲音如同機關槍一樣，不分日夜，喀嚓喀嚓地響著。

雖然他從來不曾親眼看見菜蟲化爲白蝶的那一瞬間，不過他每次都從阿公訴說的記憶中，感受到對方對於菜蟲的濃濃恐懼，以及那生動得彷彿近在眼前，生命輪迴的過程。在阿公的敍述中，那是一場平靜的戰爭，沒有過多的聲音，就連處理掉牠們的時機都挑在靜謐的夜晚，或是在天色還未亮起時，像要防止被牠們識破計畫。

只是那場戰爭的結果往往很殘酷，不是牠死，就是阿公亡。很多年後，殺蟲劑普及的現在，他始終無法將阿公口中所說的那個可怕生物，與面前飛舞的白色蝴蝶連結起來。以不間斷地進食來收集能量，爲了長出翅膀，爲了能隨意地飛往那些散落在群山之間的農田，也爲了與牠們的同伴成群盤旋。

他反覆地思考，爲什麼一個生命僅僅是存在，卻會帶給其他人這麼大的恐懼呢？爲什麼牠只是過著牠希望的生活，卻讓阿公如此痛恨呢？

不知道爲什麼，他有些羨慕這些白色蝴蝶，雖然阿公不喜歡牠們，說牠們是害蟲，他卻羨慕牠們不受控制的自由，還有不惜與人敵對，也要完成自己生命的勇氣。

田地上，受到阿公精心撫育的菜苗，每片葉子都有著清晰與完整的葉脈，顯然隔壁油菜田的菜蟲在這場戰役中處於弱勢，始終無法越過邊界入侵這片勤於管理的菜田。

剛發芽的菜苗排列成整齊的隊伍，經過阿公細心整理的菜田，無論大小或是高度都是整齊劃一的，只是有些毫無預兆長出來的雜草，從那些植株間隔的空隙冒出，會破壞這一切。生長迅速的草種往往會吸取菜苗的營養，甚至壓迫到植株的生長。於是阿公除了抓蟲外，還須日復一日地巡田，拔去雜苗。在阿公的世界中，凡是妨礙菜苗生長的東西，都是不允許的，很多時候自己也會加入這場戰爭，作爲一個可靠的友軍，剷除一切阿公視爲敵人的東西。

然而再細膩的照料、布局，仍然總會碰上意外。他與阿公的戰役並不是每一次都順遂，偶爾也會遇到植株因爲天氣或其他因素而枯黃死去的狀況。那時候阿公會沉默地拔除將死未死的苗，神情與那些失去生命力的植物相互映照，呈現出相似的顏色。

那樣的阿公是罕見的，他見過一次。在這麼多趟來回反覆的旅途中，只有那次模糊的記憶，阿公不願意與自己去抓蟬，那時還存在的水田，全部褪色成蟬蛻乾燥後的褐黃色。

如今那片水田已經不在，隔壁荒廢了的、長勢不好的油菜田，即使缺乏照看，卻仍一代代地擴散繁衍。阿公長久凝視田間，也許是透過那片衰敗的景象看見從前每到秋收之時的景象。阿公會在光禿的田地撒下油菜的種子，期待著春天時它們成長爲黃色的花海，鮮豔的色彩會被埋入地底，成爲來年稻米的養分。

一直到阿公被田泥同化前，那些油菜花的歸途都是如此。阿公悠悠的視線轉向自己穿著短褲的雙腳，那裡如今不會再沾滿淤泥，只有潮濕的水氣與稗草的細葉黏附其上。

視線從遙遠處收攏，阿公的目光梭巡，那針尖般大小的青綠細葉引起他的注意，果然在不遠處他曾踩踏過的田地旁，見到那些剛冒出來，葉片尚未伸展開，不知是什麼品種的小苗。它們每棵都冒出一點點頭，帶著圓潤與飽滿的感覺，密密麻麻地連成一片，如同一塊絨絨的地毯。

「你看那些雜草又長出來了，來一起幫忙除。」

收到阿公的指示，他開始拔除那些緊靠著菜苗長出的雜草。田土被翻得很鬆，幾乎不用費什麼力氣就能將雜草連根拔起，細幼的根莖還未舒展開來，屬於它的未來就只剩下被丟到田邊的柏油路上曝曬，直至枯萎。

雜草苗的數量通常很多，他只能跟阿公努力地拔。這是一項十分枯燥又費力的工作。他們必須長時間蹲低身體，盡可能動用靈活的手指，以求一次可以拔除最多的苗。汗水會趁著這個機會，滴入他們的眼睛，他總因爲受不了雙眼的刺痛而先行敗下陣來，躲去一旁的樹蔭下休息。

那時候空蕩的田中央就只剩下阿公。他彎著腰，仍是那樣屹立不搖地在陽光曝曬下照顧作物，彷彿無論怎樣的炙熱，都無法令他枯萎。即使皮膚瀰漫著火烤的焦痕，阿公也總是定定地站在那，堅持每日清晨傍晚的巡田。

那片綠色的地毯終於在兩人的合作下被清除乾淨。阿公像是十分滿意地看著眼前的成果，抬頭向著逐漸開始偏斜的太陽說：「好了，差不多了，我們回去吧。」

熾亮光芒緩緩下沉，將菜葉的影子映照在土地之上。每一道影子都清晰分明，就像是坐在教室裡排列整齊的課桌椅上，按照規定一動不動直視著前方的他們。

他牽起阿公滿是泥土的手，「好，回家囉！」眼睛裡映著那些隨意散落在柏油路上的綠色小草。

雖然無法準確判別，可直覺告訴他，那些都是「恰查某」的苗。那種生長迅速，只要不將苗除盡，就會成片瘋長，如煙火爆炸般，將充滿生機的碎片，再度散落到這片土地。

可他還是很羨慕那樣的生命，起碼在枯萎前，種子能出現在各種經過它身旁的物體，去向陌生的地方，即使落在高熱的柏油路面上，也是一場未知的遠征。

□

阿公喜歡在客廳的藤椅上睡覺。他陷入沉睡前通常會有些徵兆，比如說夏天的午間總會不定期造訪的雷陣雨，或者是毒辣的陽光將土地烤得焦黃，從山腰上的屋子向外看去，都能見到路面上的空氣遇熱變形產生的扭曲。

每當這時候，阿公就會回到那張竹編的躺椅上，將椅子向著大門，靜靜地陷入夢鄉。阿公常常一睡就是一、兩個鐘頭，中間伴隨著比雷雨更響亮的鼾聲，整個家中就只有自己醒著，他可以隨意去任何地方。

這時候沒人理睬的他通常會拿出自己的暑假作業，象徵性地寫上一頁後，在深知阿公暫時還不會甦醒的狀況下，偷偷繞過躺椅，打開那扇陳舊且不太牢固的鐵門。

他離開家後首先就是沿著道路向下，縱使外面的天氣熱得他僅僅走一小段路就滿身大汗，他依然堅持地順著道路向下。途中他會經過道路旁的空地，那裡有另外一戶與阿公很要好的伯伯，伯伯每次看到他都會大聲朝著他喊：「你放暑假了喔?回來阿公家玩喔？」

他總是默默地朝對方點頭。然後伯伯會用一種像是唱歌般，高低錯落的語調說：「現在小孩子都被關在家裡，你要多到外面跑一跑，多活動身體，才不會容易生病。」

伯伯說話時臉上一直帶著慣性的微笑。他曾經看過很多次伯伯與阿公說話的樣子，兩人的臉上都會掛著這種相似的微笑。雖然他並不懂微笑代表的含義，但他也學著阿公，對伯伯露出笑容。

每當走到這一帶，總能聞到一股味道，像是被他與阿公曬死在柏油路上的雜草苗，在烈日的照射下會散發出一種類似下雨前的氣味，只是當中沒有水潤潮濕的感覺。

他覺得那應該是求救的氣息。是那些脫離了土地的草苗們在向其他深根的同伴求救，也或許它們在氣息之中傳達著驚恐、無奈、沮喪等等的情緒。

補習班老師曾經跟他說，植物擁有情緒，也能夠溝通。每當他站在阿公的田間，他就想像著田中每一株植物們都互相聊著天，沙沙的摩娑聲就是它們的話語。當然，他也想像那些植物被自己連根拔起時，內心所隱含的聲音。

可是這裡瀰漫的那股氣味眞的是來自植物的嗎？還是面前這個伯伯散發出的呢？如果是伯伯，伯伯又爲什麼求救呢？他不明白。

伯伯與他的對話通常只會持續幾句，當對方發現他只會搖頭與點頭，就會理解地結束談話，從門前那片水泥空地繞開，經過一個短短的下坡，走向屬於自己的田。

伯伯的田就在阿公田地上面一些的地方，與阿公不同的是，伯伯直到今年都依然耕種著水稻，並且伯伯從來不種油菜花，房屋前有雨遮的地方，還堆積著比他身高都要高的大袋化肥。

當附近所有的田地間都像是傳染而開出盛黃的花海時，只有這片空地的伯伯堅決不會跟進。他的田在收穫後暫時休耕的時間裡總是一片寂寥，只剩下那些殘留在田中的稻草與稻梗，隨著潮濕的降雨逐漸腐朽，然後在某一天伯伯會像是突然醒悟一般，將那些朽爛的稻草都集中起來，放上一把火燒去。

黑煙從田中央一路向上飄，俯視這片空地，連地勢較高的阿公家都能見到那一條如同長蛇的黑煙。

「現在幾歲？在讀幾年級了呀？」

不過今天的伯伯十分奇怪，沒有像往常一樣逕自離開，反而緊抓著想與他談話，竟然還問出了不是點頭或搖頭就能回答的問題。

他只能開口回答：「我三年級了。」

終於有一次得到回應的伯伯顯得更加有興致了，接連著又問：「上課會不會很難啊？」「在學校有沒有交到要好的朋友啊？」「放暑假是不是很開心呀？」但是接下來這些問題，都是他無法回答的。

他睜著像蜻蜓一樣又大又圓的黑色眼睛，定定地看著伯伯。有種好像只要盯著一個人夠久，就能透過語言之外的方式，傳達彼此的思想，並能夠將關於對方的一切，如樣貌與氣味等儲存在腦海中。他想記下這個不斷碎語詢問他的伯伯，或許就像是阿公忽然消失的水稻田一樣，有一天伯伯也會消失，會失去種植水稻的能力，那時候對方可能也不是自己認識的那個「伯伯」了。

橫亙在兩人面前的沉默，令老人終於又重新理解，面前這個孩子還是過去的那個小男孩，只能夠負荷搖頭與點頭的動作。他放棄了與對方對話的念頭，邁動兩條與對方爺爺同樣又黑又瘦的腿，離開空地，向著那片長勢茂密的田中走去。

站在原地的他能夠看見伯伯逐漸縮小的身影，就像是時光倒流一樣，慢慢跟自己一樣高，也一樣瘦小。

那道小小的影子很快就被淹沒在一片翠綠的農地裡。水泥空地上瞬時只剩下他一人站著，再也沒有其他人說話的聲音。

他已經很習慣像這樣，無聲地站在原地，通常扮演著旁觀者的角色。旁觀這片迥異於都市的環境，任由那些零碎的蟲音與鳥鳴高調地宣示存在，也看著那些與阿公同樣，總在田裡走來走去的伯伯們。

他發現這裡迴盪著另一種低沉細微的聲音，又或者那是一種隱密的氛圍，只要安靜地觀察，就能輕易辨識出那「特殊」的流動，總是在自己的周圍繞轉，將他清晰地與這裡的其他大人們區隔開來。

那令人感到異樣的東西是什麼？它爲什麼會產生？自己與阿公還有其他人不一樣的地方究竟是什麼？這麼多個暑假以來，他一直沒有找到這個問題的答案。只有從前那難以察覺的隔閡，彷彿隨著自己逐漸對阿公家感到熟悉，而越來越明顯。

他隱約感覺到這樣的原因除了自己與他們年齡與體型上的差異外，還有另一個可能……也許是出在「家」，這個地方。

爲了尋找阿公家與自己家不一樣的地方，他總是趁著大人們不注意時一個人調查。他的調查遍及許多地方，從最基本的家中，一路拓展至周邊，範圍包括阿公、鄰居伯伯的田地，還有那些從未有人到訪過的草叢之中。

而今天，他的調查重點就在這片他以往總是路過，卻忽略了的空地。鄰居伯伯的門前十分空曠，除了肥料與一層被鋪來防止雜草生長的水泥，其他什麼都沒有。

他愼重地繞著這片淺灰色的方形範圍行走。整個過程中他趴伏在地上查看、將耳朵貼緊地面仔細聆聽，試圖找出這裡是否是造成他感到異樣的原因。然而時間慢慢過去，他除了在靠近水泥鋪面邊際的地方，找到那個先前就發現的小坑洞外，再也沒有發現其他東西。

這答案令他失落。他不明白如果連這片自己唯一遺漏之處，都無法查出那不時徘徊在身邊，區分他與阿公之間的不尋常原因究竟會在哪，又該怎麼做才能消除它呢？

他無意識地朝著那個坑洞走去。這是他曾經探索過的地方，在這一片漆黑又深邃的洞底，存留著每次下雨的水，他曾經用捕蟲網朝下撈起無數同樣漆黑的蝌蚪。

牠們與那些生長在水田中，灰色的，身上帶有斑紋，肚子上有蚊香形狀的蝌蚪們不同。牠們的表皮如同硯台一樣黑，也像那些從筆尖滴落的墨汁一樣，偶爾幾隻突破白色的網口，落在純色的水泥地面四處竄動，就像是毛筆尖端滴下的，多餘的墨汁。當他伸手想抓住那些墜落的黑點，黑色就四散逃竄著，沾滿自己的手指與掌心。

他凝視著這個深邃的洞，不確定這些蝌蚪變成青蛙後該怎麼辦，牠們能夠從這樣的洞中逃出嗎？還是終究只能抬起小小的眼睛，望著由洞口投射下來的星空，在窄小洞內重複鳴叫，將反射的回聲當成同伴呢？

凝視著洞口，他的意識似乎越過深邃的黑暗，成爲了那些蝌蚪，經歷著牠們在洞內交疊著，不斷掙動逃脫的感受。時間在這一刻慢了下來，以至於他沒有注意到那抹原本在田中移動的嬌小影子已經不知不覺放大，回到原來的大小，並來到他身旁。

「眞可惜這附近現在都沒有跟你同年齡的小孩，你只能一個人玩。以前這裡有好多小朋友，一下課就可以看見他們玩在一起。」

他被嚇了一跳，不知道是因爲突然出現的鄰居伯伯，還是他口中所說的那個情景，不過也因爲這個突發事件，他決定要追問這個聽來很有問題的狀況。

「那他們去哪裡了？」

鄰居伯伯的目光從他身上移開，向著空無一物的地方，專注地凝視。

「他們都搬走了啦。有些長大了就不住這裡了，搬去比較靠近學校的市區住。」他的語調中又夾帶著那種隱晦的聲音，但很快又消失，「你爸媽還不錯，放暑假還把你帶回來，給老人家看看，也讓你有機會跟阿公多親近。」

「我也覺得跟阿公一起抓蟬很快樂。」他的目光已經從坑洞轉移到了伯伯臉上。然後他猛然發現，鄰居伯伯的眼睛帶著一種淺灰色，就像是水田裡的蝌蚪，在那酷似田底爛泥的背部，有著白色的斑點。

他也終於在這一剎那回想起阿公的眼睛，與鄰居伯伯相似的，有著混濁不清，水田的色澤。

他想，那也許就是自己與他們不同的原因。畢竟他從未體驗過他們口中所說的那些經驗，就連談話間提及的童年時光，都是不一樣的。

□

蟬鳴會一路持續到九月，直到炎熱的氣候漸緩，將那些鳴響的音波都平靜，輕薄而透明的翅翼也在長時間的飛行中破損，這場源於夏日產生的狂歡，才會隨之落下尾聲。

他一如既往地站在那裡，手裡捧著他這些日子以來，即使沒有阿公的幫助，也集滿了半瓶的「蟬」。如今牠們都蜷縮著腿腳，雜亂地睡在透明的玻璃罐裡。

牠們的身軀在陽光下反射出閃亮的光芒，光芒透過玻璃的折射，就變成了七彩的虹，像是牠們飛翔在烈日下的翅膀，直奔入他的雙眼中。

「聿書快跟阿公說再見，跟阿公說你下次還要再來。」

母親臉上有著鮮艷的色彩，將五官都淹沒，只有那抹突出的紅彷彿取代一切，醒目地與自己對話。

紅色如一雙俏皮閃亮的眼，靈動且專注地朝他眨著，那上面有著些許隨時間暈開的痕跡，擴散在他收入眼底的光裡。

「阿公再見，我之後再來找你玩。」

他感覺到自己的手舉了起來，像是瓶中少部分未睡的蟬那樣，以一種不規律的方式顫動著，待那夢境結束，穿越短暫的幻境，就正式通向隧道另一頭的出口。

感。

「阿公等你喔，回去之後要記得好好讀書，不要只顧著玩，要多聽媽媽的話。」

阿公將他來時的物品重新打包上車，短褲下的腿腳吃力地顫動，有種即將崩塌的危險感。

一瞬間，他也感覺到從腳底傳上來的僵麻觸感，那雙腿彷彿脫離了他的意志與身體，不再是自己的，與阿公逐漸細瘦的脛骨同化，無法再移動半步。如果可以，他希望自己能與阿公一起，也許生根在這裡，成爲屋旁的大樹，招展枝葉，隨著徐徐吹來的暖風搖曳。

「阿爸你放心啦，聿書他學習很認眞，功課也都不錯。」

父親的聲音自遠風中傳來，輕觸著他已然僵硬的四肢，帶著一種無可抵抗的力量，聲音貫穿了那些仍在鳴叫的草蟲們。

阿公低下了頭看著地面，視線落在自己穿著涼鞋露出的腳趾上，那上面沾附著泥巴，也許是早上巡田時染上的。

「那就好，讀好書，將來才有出息。」阿公的視線從腳趾轉移到了在場最矮的他身上，粗糙的大掌用力地摸了摸他烏黑發亮的頭髮。

對比那充滿了烈日曬痕的手，他就像是一個精緻的娃娃，無一處不是白皙美麗，且沒有瑕疵的。就如同他所體驗過的生活，在這片幻境之外，都是那樣蒼白。

他終究沒有成爲任何人與物體。隨著母親的牽引，身體習慣地坐進了白色轎車內，沁涼的冷氣一縷縷纏繞在他的肌膚，冷卻皮膚上仍有餘熱的日光，只留下懷中緊抱著的那瓶蟬，在冰涼的冷氣之中依然留有被烘烤過的餘溫。

車門關起，透過窗戶隔熱紙向外看，阿公黝黑的膚色增添了些許陰沉的灰，濛濛的，像短暫的夏日雷雨。隨即車體發動，一路向下坡行駛，一層層墜落，他看見阿公始終站在那棟老舊的透天前，半舉著手，面朝他們離去的方向，逐漸細瘦如樹枝的手向著風搖曳。

懷中的蟬隨著山路蜿蜒，在玻璃罐中彈跳，堅硬的甲殼發出清脆的撞擊聲，也像是那些蜷縮的腿腳搔刮瓶內的爬行聲。

離開阿公家的山路很長，到了地勢稍稍平坦的地方，才能看見第一個岔路與紅綠燈。而每次這個路口的紅燈總像是預知般，在他們的車子駛過前就會亮起。

他回頭去看，打著彎的路上已經沒有阿公的身影了。灰色的路面像是偶爾能在菜園裡看見的陸生渦蟲，長長的、黏黏的，極盡可能地挽留著他們。

母親畫著眼線，黑白分明的眼看著他，「聿書呀，過幾天就要開學了，該把心收一收，好好讀書了。」她的目光隨著搖晃的車身，落在了他手中那一瓶半滿的玻璃罐上。

前座父親的聲音傳來：「小學而已，不用逼得這麼緊吧？功課還過得去就可以了。」

母親擰起那對修剪整齊的眉毛，從她微微上揚的嘴角就知道她並不認同父親的話語，那是她準備開始長篇大論前的徵兆。

果不其然幾秒後，車內響起了以母親爲主的連串音符，每個咬字與音調都有種細緻且滑溜的彈性，像一尾靈活的蛇，迴避所有針對牠的攻擊，伺機尋找著空隙反擊。

針對父親的問題，母親延伸出許多旁枝，從「贏在起跑點」到「那是你沒看到別人家怎麼養孩子」，再到「天資比不過努力，小孩子就是要趁小學習」等等問題，每道問題最後都在母親高昂而流暢的旋律中落幕，同時那化了妝的面孔還不忘看向他，彷彿尋找認同一般。

「對吧？」母親的微笑凝聚在嘴角，紅色的，如同過年吃螃蟹時，最難扳開的那對大鉗子。

抱著懷裡的玻璃罐，他重複地點頭，「嗯。」玻璃罐身溫溫的，但已經分辨不出是太陽的餘溫還是他自己的體溫。

父親在母親的聲音中沉默。似乎感覺到有些冷，默默地將冷氣風口調低了一些，但氣溫並沒有上升。

紅燈暗下，綠燈亮起，車子緩緩滑過斑馬線，左轉離開這充滿各式聲音的地方。父親等了很久，才終於找回自己的聲音，長時間沉在冷氣中的嗓音顯得有些乾澀。

「現在的小孩子也很辛苦呢。」話語輕飄飄的，就像他不常抽的菸，香菸點燃後煙就會冉冉向上飄升，在父親沉重的吐息之中消散。消散前的煙塵排列出一幅不會重複的圖案，似乎企圖傳達些什麼；但是聿書從未解開過這神祕的訊息。

母親看著窗外好一陣，「是啊。但是誰不辛苦呢？大家都很辛苦啊。」

他抬頭看去，母親並沒有再將視線放在自己身上，於是他閉緊了嘴，禁止任何空氣通過喉嚨，發出震動。

沉默瀰漫在這個窄小的空間中，他彷彿又聽見了自己懷中那個玻璃罐發出窸窸窣窣的爬動聲，只有這些過季的蟬仍不死心，想要再一次回到夏日，放聲提醒大家牠們的存在。

牠們的努力確實達到了效果。當汽車駛進加油站，平穩地停靠在一旁等待加油時，他就看見母親靠近了自己，大掌如爪一般抓住他的肩頭。

他的視線上移，正巧對在那張艷紅色的唇上。

「把那個東西拿去垃圾桶丟掉，很多細菌，不要帶進家裡。」

玻璃罐中的牠們還兀自發出聲響，呼喚著那些屬於牠們的舊日，卻敵不過周圍早已下降的氣溫。

他的雙腳無法動彈，感覺到扣在肩膀上的手有著魔法，像是伸出了無形的絲線穿過他的手腳與身軀，也貫穿了心臟。

「快去，媽媽在這裡等你回來。」

白色的車門被打開，他踏在堅硬的水泥地上，腳底傳來強烈的反彈力道，即使是最柔軟的鞋墊都無法吸收，些微的刺痛隨著腳跟逐漸向上擴散。

透明的玻璃罐在驟然上升的氣溫中再次恢復光彩，那些搔刮的聲響盛大而激烈地響起，甚至還好似夾雜了幾聲蟬鳴。

他想這也許是牠們最後一次鳴響。巨大的藍色垃圾桶就在面前，他的雙手高舉。碰。那是他鬆手的聲音，也是玻璃撞上桶底的聲音。

碰。旁邊走來穿著制服的加油站員工，將那跌落在旁的蓋子用力蓋上垃圾桶。

他返回車內。

「聿書好乖喔，爸爸也加好油了。回去我煮鱈魚給你吃好不好？」

父親再度踩動油門，車子平穩地滑出加油站，那個垃圾桶已經淹沒在一片雜亂的景物中，成爲一團不起眼的深藍色塊。

他看向母親，發覺她的眼角邊也有著一抹淡淡的藍色。

「好。」他說。

有時，他覺得日光燈下的鱈魚，也會有一點深灰的藍色，隨著魚肉與飯，一同被自己咀嚼入腹。

□

他時常不明白那一棟棟比自己還要高大的樓房，是怎麼出現在平坦的地面上的。明明順著柏油路前進，平整的大路什麼都沒有，一眼就可以望見盡頭，但往往會在某個路段轉折，兩旁陡然出現林立的樓房，就像是他在阿公家偶爾看見，生長於道路兩旁的竹林，它們成群鋪開，不僅擋住視線，還會擋住他們捕蟬的路徑。

家附近曾經蓋過一次房子，他記得那是一個寒冷的冬天，然後一路蓋到了夏天，等他從阿公家回來時，那間房子就已經蓋好了，就像是平空生長出來的一樣。

矗立的樓房高得彷彿懸浮在空中。即使他努力仰頭去看，往往也無法一眼望盡那整片大樓聚集成的林。

他每天從學校下課都會走這條路，路面不寬，他行進的範圍也不大，從校門口走到對面的巷口，再找到在旁邊等待的補習班老師。眾人會列隊一起走一小段路，到達足以容納所有人的接送車邊，依序坐上那輛漆成黃色，畫著紅色奇異斑紋，車身寫著綠色的補習班名字的車。

玻璃窗外的景色飛馳，一棟棟大樓也隨之模糊，融成一整團不分彼此的色彩，就像是另一個隔絕了自己的世界。

接送車每次走的路線都一樣，以學校附近的巷弄爲起始，再繞過鄰近的兩、三所學校，將整車的座位接滿後，才會在一片喧鬧的聊天聲中，開往最終目的地。

他每次都很仔細地觀察每個細節，也許是期待著重複的事件中會出現不同情景，但事實上結果都一樣。既沒有發生什麼令人驚奇的新鮮事，也從未脫離他腦中認知的環節。

車子開到補習班門口停下，大家依序下車，進入大門後又被分成不同的小隊，由老師帶往不同的教室。

今天他的小隊中只有自己一人，預定課程是數學。根據老師的說法，他所在的這班是目前補習班進度最快的班級，已經超前學到了四年級。

每次老師跟家長提起這件事情時，臉上都會泛起一層如同太陽耀眼的光，那光彩會照亮天黑才來接他的母親，將上面沾附的陰影與晦暗都驅除。

比其他人更早學會課程是一件很值得高興的事情嗎？他不知道。但是母親聽見這樣的消息後，總會在回家的路上對他笑，畫著鮮艷紅色的唇線舒展開來，像是學校花圃盛開的仙丹花，醒目而高調。

他偶爾感覺母親的神情中帶有戲劇的成分。就像是她的笑容，又或者是偶爾對他表現的生氣，那之中都有種「想要讓他知道」、「想要讓他改過」的訊息。但他總是不明白自己究竟犯了什麼樣的錯誤，又應該改什麼，這些理由興許是無法藉由表情傳遞的。

雖然沒有任何證據可以說明他的觀察是對的，但每次看見母親時，他就忍不住產生這樣的感覺。

「聿書快坐下，先把作業寫完，之後要寫練習題喔。」

叫他的是一位綁馬尾，戴著無框眼鏡，看起來有些嚴肅的女老師。她會用同樣的口吻，以及同樣的順序，要求所有人完成差不多的事情，例如待寫的作業，或者是那些無限增生，彷彿怎麼都寫不完的練習題。只要他正確地解出這些題目，老師就會卸下嚴肅的神情，輕柔地摸摸他的頭，稱讚他：「好棒。」

母親偶爾也會這樣稱讚自己。通常在學校發成績單時，她會一面反覆叨唸，一面將那張輕薄的紙仔細地收藏進資料夾，她說那些以後都會是他的榮耀。

他不知道未來的自己究竟會不會像大人們說的那樣，以現在的自己爲榮，或者慶幸現在的努力；但是他深深明白了一件事：在這間教室裡的每一個人都做著同樣的事情，沒有分別，也不需要分別。

未來是一條遠到看不見的地平線，而他們不斷地追著光升起的地方，跑得筋疲力盡，快得看不清周遭的景物。

「我作業已經寫完了。」坐進專門爲他準備的座位，他立刻從書包中拿出作業簿，裡面寫滿了工整的生字，是他花了不少時間慢慢寫的。

老師有些奇怪地看著他，「你在學校用下課時間寫的嗎？」

他沒有點頭也沒有搖頭，遲疑了一下回答：「我在美術課寫的。」

「上課就要專心，作業是給你放學寫的，以後不要這樣了。」老師的神情不變，語調沒有太多的起伏，像是無論他的回答是什麼都不重要，重要的只有這份被寫好的作業，以及那些已經過去了的片段。

他黑白分明的眼睛盯著她看，像要吐露些什麼般微微張嘴，動作明顯得彷彿眞能將所有積存在內部的東西，一股腦地傾倒而出。

她也等待著他的回應，鏡片後那雙眼睛平靜深邃，卻彷彿並沒有看見面前的他，而是透過鏡片的折射，投向了空無一物的地方。

他的話語與滿腹想傾吐的慾望刹那消失，順從地點頭，「我知道了。」像是老師看不見的，沒有生命的空氣。

「知道就好了。那我們直接來寫練習題吧，第一題你先做做看。」

白紙上是老師用手寫的題目，數字帶著一種熟練的感覺，與他所寫出來圓滾字體不同，是成熟大人才能寫出來的字跡。多少次他專注地模仿著白紙上的文字與符號，好像藉由這樣的儀式就能幫自己更快長大，更快成爲擁有完整自主能力的「大人」。

他最想成爲父親。像父親那樣厲害，能夠承擔起養家的責任，最重要的是他希望能夠像父親一樣，遇到不願意回答的問句時，就能夠無限期行使靜默權，不用像自己總是被迫回答各種問題。

紛亂的腦中想起的都是關於大人的好處，以及怎麼快速成爲大人的計畫，甚至擬定了努力的目標，就是先從寫出跟老師一樣的數字開始。可是當視線聚焦到白紙上寫的數學題，充滿希望的念頭頓時如剛萌芽就枯萎的種子一樣，爛死在了堅硬的種皮之下。

（789+374+211）×10=（789＋211＋374）×10=（□＋374）×10，□=?

他必須回答問題。如果不能夠正確解答出這個問題的答案……他看了一眼坐在自己對面，正從眼鏡後方專注盯著自己的老師。

「怎麼了？這題不會寫嗎？」

搖頭，他安靜地從鉛筆盒裡拿出筆，認眞計算這道寫在紙上的問題。稚嫩的字跡出現在白紙的空白處，他先是將789與211分別寫成直式，並透過手指輔助計算出了兩者相加的數字，最後才將計算結果塡寫在老師留下的空白之中。

「不對，這個格子塡錯了。你再算算看，不要粗心。」

反覆爲了解題而動作的指尖在強烈的冷氣中有些發冷，令他想起那天他從阿公家回來的車程中，汽車內的冷風也是這麼強，將失去了玻璃罐的自己吹得渾身冰涼、凍結，就像是那些入冬後逐漸不再動彈的蟬。

重新握好筆，他再一次檢視直式加法中自己粗心犯錯的地方。發現原來是一與九相加的結果，自己忘了進位。

他拿起橡皮擦修改白紙上的答案。就在這時身後傳來開門的聲音，又有人進來了。

老師很快從位子上站起，朝著逐漸靠近的腳步聲走去。

「你今天怎麼這麼晚到？」

他看了一眼牆上的時鐘，其實也沒有很晚。就是晚了十分鐘而已。

「我就比較晚下課啊。」剛進來的人，以十分熟悉的聲音這麼說。

被聲音吸引的他回頭去看站在那裡的人。也許是因爲趕著來上課，站著的男孩微微喘氣，身高與體型看來都比他大了一號。

「聽說他們班有人東西被偷了，所以全班被留下來找犯人。」他快速地替對方補充。

老師回過頭來看他，眼神中閃過些什麼，又恢復成那樣平板的語調：「你考卷寫完了嗎？我是在問廈樑，你不用幫他回答。」

透過鏡片的目光繼續聚焦在廈樑身上，「你最近的成績退步了，你看聿書都超前學到你們的課程了，你的年紀比他大，怎麼可以輸給他？」

耳邊這句話，彷彿是一道刺骨的寒風直撲他的背脊，冷得他打起寒顫。

站在那裡的廈樑也因爲這句話看向他。他能感覺到那道目光化爲實體，向自己射來的觸感。

「聿書本來就比較聰明啊。」熟悉的聲音含糊且小聲地這麼說。

卻並沒有逃過老師的耳朵，「那就要比他更努力啊！如果你現在不努力，之後要怎麼跟上其他人？」

冷氣太強了。他冷得發抖，終於將檢查過的答案塡進了空格，出現在白紙上的數字是他無法理解的一串符碼。

「老師，我寫好了。」

即使另一個人並不會試圖與他搶奪發言權，站在那裡背對他的老師，也無法看見他高舉的手……他還是舉起了手，當作自己說話前的信號，順帶掩蓋他過於焦躁的神情。

「好，老師等一下過去看。」他的發言打斷了兩人彷彿對峙的空氣。老師果然轉過身來，檢查他的答案，並不忘朝另一人叮囑：「廈棎，你先把今天學校的考卷拿出來。」

藉由看向老師的目光，他望見了廈棎的座位，才發現位子上沒有老師手寫的數學練習題，只有廈棎接著拿出來，看起來通紅一片的考卷。

「很棒，都算對了，繼續寫下一張哦。」老師鏡片後的眼睛閃爍著天花板洩下的日光燈光，亮亮的，彷彿是太陽，卻不溫暖。

老師轉身走向了廈棎的方向。就在這一瞬間，他與他的目光相接了。對比老師眼中反射的白色燈光，他覺得對方的眼睛暗了下去，如同自己撈蝌蚪那個深邃的洞，裡面積滿了水，不知道通向哪裡。

一旦撈起牠們，或者企圖觀察，漆黑的蝌蚪就會因爲掙扎落入空白的水泥上，被烈日曬死。

□

鬧鐘鈴響前五分鐘，他睜開了眼睛。日光透過窗簾矇矓照映進他眼裡，將那些屬於夢境的記憶與色彩都驅除，以四肢爲起始，沉重的下墜感引領著他，落回現實。

這段時間，他在床上不斷翻滾，試圖於短時間內再次進入夢鄉，睡滿那失去的五分鐘，以追回只有一瞬的短暫夢境，哪怕多上一秒也好，在那個並非現實的世界中，他活在一個無人可抵達的地方，再也不須要任何規則。

可他並不能每次都順利地再次回到那裡。通常只能在床上輾轉度過這多出來的五分鐘，直到鬧鐘發出刺耳的聲響，像是某種開始的訊號，他全身的肌肉會充滿力量，讓他能快速地從床上起來，穿上擺在床頭的乾淨校服。

「起來了嗎?趕快把衣服換好哦。」

才將上衣紮進褲子，隔著房間門就傳來母親急切的聲音。

「我好了。」拿起掛在椅子上的書包揹到肩上，他打開房門就見到母親站在門口，臉上的妝容都已完成。

「確定都準備好了？作業聯絡簿都有帶嗎？」母親沒有踏進他房間，只是站在原地低頭看著他，似乎正等待著他清點好自己所應該負起的責任。

他依照母親的話，將書包打開又再看了一次，然後重新揹起，「都帶了。」

母親終於滿意地點頭，「那走吧。」他們在玄關各自穿好鞋子，母親還特別確定他繫好的蝴蝶結不會散開後，才一起走出大門。

今天母親穿的是長裙配上稍有一點跟的鞋子，所以要踢起機車的腳架費了一番力氣。等她向他招手，示意他可以坐到機車上時，他才一鼓作氣地翻上機車，緊緊抱著母親。

每天早上母親的氣味都與晚上回家時不同。早上風傳來的氣味中帶著一股濃烈、不自然的香味。雖然那不是難聞的味道，但也並不讓人愉快，因爲那氣味意味著：今天要上學，或者母親卽將外出工作。

機車迎著風行駛在筆直的路面，那是阿公家沒有的。通向阿公家的路彎彎繞繞，兩旁長滿了無數不請自來，伺機繁衍的「恰查某」；而這裡的路面，去除了所有可繁衍之物，只留下方正，符合規範的景色。

機車最後停在學校對面的小巷口；也是他每天放學搭上補習班接送車的地方。早上巷口的店家拉起鐵門，在馬路邊擺放貨架，展示出剛做好的三明治。

母親從口袋中掏出幾枚銅板，交到他手上。

「你自己挑喜歡吃的早餐，媽媽要上班了。」

他握著銅板翻下機車的同時，就見到母親微鬈的長髮飄過自己面前，不過一下子的時間，機車就已經調頭，朝著與家相反、也遠離學校的方向而去。

熟悉的身影很快就在車陣中變小，逐漸隱沒在太陽升起的方向，他的視線隨即被一片明亮的晨光遮蓋，所有景物都變得模糊。

他攤開掌心，看著手中那幾枚銅板。半晌，轉過了身，沿著排列整齊的斑馬線向前，一點點靠近校門。

這個時間校門口站崗的老師還沒有出來，只有警衛慢吞吞地在校門前做著伸展操，看著那些零星朝學校走來的學生。

他很快發現一道引人注目的身影，與自己的姿勢相仿，直直地挺立著，就像是一座雕像，停駐在大門的正中間。

他朝著那道身影走去，像是施展了某種魔法，靜止的人瞬間動了起來。

「給你。」㕣樑從口袋裡拿出一張閃爍著炫目光彩的亮卡。

「爲什麼要給我這個？」他疑惑地看著那張卡片。

「你昨天幫我啊。」對方一臉理所當然地這麼說。

「所以你昨天是去了哪裡才遲到的呀？」

「我去玩遊戲機，拿到了一張超稀有的卡喔！」

他看著㕣樑興奮的表情，目光在卡片與對方臉上來回游移，最終才收下那張亮眼的閃卡。閃卡拿在手裡的感覺十分輕盈，好似那些令卡面閃爍的光輝都沒有重量，連一張沾滿了鉛筆字跡的考卷都比它重上許多。

他沒有在收集卡牌，也不知道㕣樑遞給他的這張卡牌是否珍貴，從卡面異常鮮艷來看，他相信這一定代表了兩人之間的某種情誼，像是彩虹一樣美麗。

「謝謝。」

收下了牌，他們並肩走進校園，路上㕣樑一直在說話。像是對昨天他未能跟老師說出遲到理由的補償，詳細地描述著自己抽卡的過程與心情。而他默默聽著，既無法體會㕣樑的開心，也無法對這個話題搭上任何一句話。雖然他的世界跟扆棌有那麼點不同，但好在他們兩個誰都不在意。

四年級的教室比他所在的班級高了一層樓，所以兩人會在向上的樓梯前分離，他們每天相處最長的時間，就是從校門走到教室的這段路，以及補習班中間休息的時候。

扆棌是個有點奇怪的人。他不喜歡讀書，不喜歡去補習班上課，更不喜歡來學校，卻每年拿全勤獎，連補習班也是從來沒有缺席過，頂多偶爾遲到。

他曾經問過扆棌這個問題：爲什麼會到補習班補習。回憶起那天，他發覺自己也並不是眞的想知道答案，不過是無心脫口的一句話。

扆棌的回答卻令他印象深刻：「……我媽不在家。」腦海中對方那時回答的聲音彷彿又出現在耳邊，當他一臉訝異地轉頭看向扆棌，對方才以解釋的語氣又說了一遍。

「我說，星期六我媽又不在家，你要不要來我家一起玩？」扆棌的心情看來還不錯，臉上留有不久前提及抽到稀有卡片時的微笑。

他臉上的表情卻逐漸垮了下去，那張閃亮的卡牌被包在手掌中央，凹彎出一個弧度。

「我星期六要上才藝班。」

廈棌眨了眨眼睛，似乎對這個名詞有點陌生，「那是做什麼的？」

「老師會教我們下圍棋。」

「好玩嗎？」

「不喜歡。」

帶笑的表情逐漸斂起，「這樣啊，你好像每天都要上很多課耶。」

話題進行到這，他們終於走到了分別的樓層，兩人相聚的時間來到盡頭。

「對啊，我媽媽說小時候記憶力好，要多學一點東西，不然長大會很辛苦。」

本來這時候廈棌應該與他道別，獨自一人繼續向上。但今天廈棌停下了腳步，站在階梯上凝視著他。

「可是現在很辛苦就沒關係嗎？」

他略微垂下視線，見到高了自己幾階的樓梯上，那雙進入自己視線中的運動鞋。廈棌是一個坐不住的人，總是能見到他在補習班教室裡動來動去，像是身上長蟲一樣；他的運動鞋也因爲這樣，總是沾滿了灰塵與泥巴。

「嗯，我媽媽說：小孩子就是要多吃苦，長大才會有成就。」

廈棌站在階梯上，看著低下頭而顯得更加矮小的他。停頓了一陣，才說：「他們根本沒想過我們眞的想要什麼。他們希望得到的，是你希望的嗎？」

他覺得廈棌生氣了，不知道爲什麼，言語間似乎有種憤怒的味道，但他不知道該怎麼回應。

「可是，我媽媽說，只要有成就了，就可以過得很好，可以做很多事情，現在不能做的事情，以後都可以做。」

「你相信那些話嗎？」

他不解地看著對方。

「你相信大人說的那些話嗎？如果現在都不能做，爲什麼長大了就可以做？」廈棌說話時眼睛中透出了光，七彩色的，像霓虹一樣漂亮。

「我才不相信大人說的話！他們總是說著自己辦不到的事情，答應的事也做不到。」

他愣在了原地，腦海中閃過一連串疑問：母親曾經毀約嗎？母親曾經跟自己約好什麼嗎？母親曾經講解過約定這個詞彙的含義嗎？

七彩的光在廈棌的眼中流轉，逐漸褪去顏色，成爲如蟬翼一般脆弱的存在。

他沒有繼續說話，也許已經沒有更多關於大人的例子可以說了，也或許是必須進教室了；廈樑也沒有說話，順著階梯走上去，只剩下他留在原地。

然後他忽然想起來，廈樑今天忘了跟自己說：放學見。

□

他聽說過一個很有趣的詞彙：白日夢。

某天上課時，坐在前面的「巨大青蛙」被老師點名，他覺得那時同學站起來的動作十分像自己在阿公家院子裡見到的，發現自己靠近而慌忙起身逃跑的青蛙，只是坐在他前面的人比那晚他見到的青蛙要更大。

老師要「巨大青蛙」站起來後，走近了對方身邊，就跟那天的自己一模一樣：靠近，觀察，決定行動。而老師決定的行動是對著巨大青蛙怒吼，「你不認眞聽課，是在作什麼白日夢？」

他不知道巨大青蛙是否眞的沒認眞聽課，不過那時從老師口中吐出的「白日夢」三個字，卻對自己有著莫名的吸引力。即使他還不太理解這三個字具體的意思，不過在他的理解中，這肯定是一場純白的、美麗的夢境。那個光線明亮的白日……也許會像自己曾經見到的夏日，或者蟬鳴，炎熱的氣溫會將自己蒸烤出汗水，那些水珠滴落到堅硬的路面，化爲氣體冉冉上升。他有時會被這些帶著鹽分的蒸氣熏得頭昏與流淚，連帶著景物都變得模糊……就好像是現在，他已經想不起來剛過去的那個暑假裡，阿公家的風景了。

如今殘留在視網膜中的，就只有一片燦白的光，還有隱約的乾焦味。如果透過老師說的白日夢，是不是就能回到那段時間？能夠隨時隨地，無論是上課或是在家中，回到那個充滿了蟬鳴的夏天。在白日夢中，夏日永遠不會結束，而被他抓獲的那些蟬也可以在觀察箱中繼續鳴唱。

從那之後他經常觀察巨大青蛙。他發現對方一天當中最開心的時間是放學。巨大青蛙偶爾會在上課時睡著，最常發生在下午或者體育課後的課。但就算是睡著，對方體內也彷彿恆定著某種計時機制，能夠準確在放學前醒來，並整理好書包準時回家。

他還發現巨大青蛙只會在下課時間活躍。那五分鐘的時間裡，他會用盡他最響亮的鳴叫聲，在這短暫的時間中讓所有靠近的人注意到他，有點像是蟬，但與蟬的鳴叫不同，他可以在每一次的下課延續不停，不受季節或時間干擾，也不傳遞某種重要訊息，大多都是一些鬆散且模糊的聲響。

有時，他有些羨慕對方，就像他羨慕那些夜晚出沒，無須睡覺的青蛙一樣，而現在他羨慕對方短暫卻長久持續的鳴叫。

觀察依舊持續，他還是沒找到進入白日夢的方法。靠窗的位子每天早上都會照進零碎的光斑，他曾經以爲進入白日夢的方法應該就在這些光中。因爲他曾經見過光的碎片照進巨大青蛙的眼底，在漆黑的瞳孔中微微暈散的光線，就像是自己偶爾跟著阿公清晨巡菜田時，拿在手上的電筒。阿公每走一段路就會回過頭來叮嚀他，要小心握牢，不要讓那塊聚集起來，光照亮的圓形範圍飄動。

手電筒並不重，但是要穩穩地、持續照在前方卻需要一點技術。而自窗外照進來的光卻總是固定停駐在大青蛙的側臉，然後隨著時間，一點點穩定移動，滑過他的頸脖，走過他的臂膀，從他的身體溜至桌面，在桌面留下一塊發光的地帶，最後隨著課堂時間向前而消失。

偶爾他盯著那塊發光的領域，會覺得淺色的部分微微凹陷下去，然後一點點向下侵蝕，僅只一秒間，它會變成一個白色的洞，只要在那一秒內閉上眼睛，他會從洞中看見些許模糊的影像，像是人影的晃動，又或許是只殘留一角的景色。他想那應該是白日夢的雛形，只是持續的時間太過短暫，讓他無法從中解讀出任何含義。

也許是因爲自己長時間觀察，巨大青蛙似乎與自己更熟悉了一些。比如偶爾他會在上課時轉頭，跟自己借一些東西。他借東西時有個習慣，總會先假裝不經意地轉頭看他一眼，然後才將整個身體轉向他。

「可以借我抄作業嗎？」不知道爲什麼他似乎經常忘記帶東西，借的東西從文具到衛生紙，有時候還有回家作業。

他從書包拿出作業時，能見到對方那雙兩棲類般的豎瞳，帶著一些金色光澤，也許是光的痕跡。屬於兩棲類的眼瞳直直盯著他手上那本充滿鉛字筆跡的薄薄本子。

巨大青蛙接過作業本後會先低頭飛快寫一陣子，然後又放下筆，盯著書本像是在察看什麼。他從後方的角度看不出來對方的目光究竟落在哪裡，不過通常過一會後，對方就會轉過頭將本子還給自己。

「謝謝！還好有你，不然我又要被老師罵了。」

他確實見過許多次，老師讓巨大青蛙與其他同學站起來，沉著聲音臉色凝重地說話，但是他判斷不出那究竟是不是罵。總覺得這樣的表情他似乎很常在母親臉上見到，有時是對著自己，有時是對著父親。母親一般不將這稱作「罵」，她使用的詞彙更加艱深，很多時候他其實並不完全理解那樣的詞彙究竟包含了什麼。

母親將那稱爲「失望」，他想，罵與失望是否是相通的。比如：老師會對不寫作業的人失望，也會對上課說話的人失望，更會對作白日夢的人失望。

他總是盡可能地避免失望，不過他眞的很想作一次白日夢。或許不是一次，他想要一直作白日夢。如果能夠找到一種大人無法察覺的方法，讓白日夢能夠與他所見的世界並存，那將是一個完美的結果。他不知道自己是否可以做到，但是他想要試試看。

「你可以教我怎麼作白日夢嗎？」於是他鼓起了勇氣問。

巨大青蛙用奇異的眼神看著他，他能感覺到那豎著的瞳孔微微放大，就像是要看清楚他的神情，貪婪地將光線盡數收入眼底，捕捉他臉上每一個細緻的變化。

他突然有些驚慌，害怕自己內心的想法曝光，也害怕自己誠懇的態度無法被看見，以至於對方不願教自己進入白日夢的方法。一瞬間，他忽然不知道該擺出什麼態度，去應對巨大青蛙對自己的觀察。

許多的思考只在一瞬間，最後他決定選擇最熟悉的模樣，縮起下巴，盡可能做出嚴肅的樣子。他的腦海中想像著父親，想像自己與父親的表情相同，帶著一種安靜且不容質疑的力量。彷彿父親的臉上只要一直常駐著這個神情，就可以免受母親的管束，也不用完成那些被規定的事項，彷彿一切的事物都與他無關，將所有都隔離在外。

巨大青蛙觀察了他幾秒後，像是累了般收回目光。他暗自猜想也許是對方並沒有從自己臉上獲得太多訊息，又或者是終於確信了自己的真誠，他不確定是哪一個，不過他依舊維持著這個表情，深信它是有用的。

「只要你想，隨時都可以作白日夢呀。」巨大青蛙張開大嘴，深吸了一口氣後大聲鳴叫。聲音鏗鏘有力，像是昭告下課的學校鐘聲，沒有任何人會懷疑那聲音中傳達的訊息。

但是怎麼可能？如果確實如對方所說，爲何任憑他怎麼嘗試，都沒辦法作白日夢呢？

「你確定嗎？但是我做不到呀！你看。」他試圖在對方面前表演自己的「不會」，然而兩人視線相交，彼此凝視，就如同平凡的往常一樣，什麼都沒有發生。

他理解到自己無法表現出沒有的東西。

「你要給我看什麼？」對方的目光再次投來，這次帶著一點懶散，像是看著他，又像是散落在各個地方。

「我……我不會。」他發出孱弱的聲音，就像是偶爾在半夜醒來，路過放在桌上的觀察箱，聽見那些將死而未死的蟬所發出的鳴叫。

巨大青蛙想了想，屬於兩棲類的豎眼有種沉靜與睿智的光輝，那一剎那他彷彿洞悉了一切。

「你是說你沒有辦法作白日夢？」

這句話就像是細細的針尖，輕輕地扎了他一下，留下破口。某些細緻、微小的東西從那道破口溢出，慢慢流淌，形成一條彎彎的河流。就像是用來灌溉田地的溝渠，穩定且平緩地向前流動。

會不會自己根本就不具備作白日夢的能力呢？他聽母親說過這件事情：如果不努力學習，那原本具備的能力就會消失，消失的能力會被埋入深邃的黑井中，再也找不到它。因此他必須時時刻刻都很努力，以防止能力的遺失。

可是爲什麼呢？自己已經這麼努力了，爲什麼還是在不知不覺中失去？看著坐在前面的人，跟自己差不多高，身形比自己大上一圈，有著兩棲類特有瞳孔的他……在興奮時專注地凝視、無聊時僞裝成石頭模樣，偶爾不想理會時眼中的那層瞬膜還能夠關上，防止水分進入。

不知道從什麼時候開始，兩人已經完全分化成了不同的生物，他還不知道自己是什麼，但也許對方眞的是一隻青蛙。

可能是久久等不到回應，巨大青蛙的眼神中閃過些許擔憂，「你眞的沒有辦法嗎？我從來沒聽說過有人不能作夢。」

他的腦海中浮現出一幅奇異的想像。或許大家都是青蛙嗎？又或者這裡本就是一條巨大的水渠，所有的青蛙都只能沿著水渠的流向，被湍急的水流運送、翻滾，只能順著既定的路徑前進，無法脫逃。

是青蛙嗎？他看著面前的他。不是青蛙嗎？

「也許我不是你們。」很久之後，他終於整理出這句結尾。不光是物種上的不同造成的隔閡，也許他們的本質就是不一樣的。

巨大青蛙歪著腦袋看他，一縷光線從窗外射入，正好落在對方的瞳孔中，部分光線進入漆黑的地帶，殘留下的則形成一塊邊界分明的痕跡，如同刀切般的邊緣，有著尖銳的夾角，以及不規則的形狀。

而光與眼瞳的交界是一個洞，彷彿開啟一扇門，他的身影被反射在那扇門上，卻無法進入。

或許是因爲他沒有兩棲類的瞳孔，在生物的分類中被踢出了列隊，也或許是因爲他失去了作白日夢的能力。

□

「老師打電話跟我說聿書很有數學天分，建議我買高年級的練習題本給他做，說不定能上數理資優班呢！」

晚餐時母親一面在廚房煮著魚湯，一面對坐在沙發上的父親大聲說。

「這樣喔。不過這樣壓力會不會太大？」

魚湯滾沸後飄出濃濃的薑味與鮮味。母親端著湯從廚房裡走出來，臉上還有著未卸去，卻已經被水氣熏花了的淡妝。

「你不要整天說這種話，萬一教壞小孩怎麼辦？小孩子的工作就是學習啊！哪有什麼壓力太大的問題。」

父親不知爲何轉過頭來看了他一眼。在這場談話中，他像是透明的蟬翼一樣，那麼輕薄，任由父母談論著未來的規劃，但沒有了蟬身與音蓋的他，不能隨意發聲，尋求注意。

「聿書快去洗手，要吃飯了。今天是媽媽煮的喔。」

他走進浴室，踮起腳尖拿起檯面上的肥皂，以清水仔細沾濕雙手，再將肥皂均勻地塗在手掌兩面。他洗手時總會想起學校裡老師教的洗手口訣，他也每次都會認真執行被教導的注意事項，力求自己的每個動作都可以像老師說的一樣標準。

標準的事物太多了，必須遵守與模仿的對象也太多，恍惚間他會產生錯覺，好像這具現在做出過無數標準動作的身體不是自己的，或者是他並不存在於這個身體之中，那樣的感覺十分微妙，就像是個旁觀的第三者，靜靜觀望著時間流逝，也靜靜觀望著在那時間之下生存的軀殼。

他曾經在母親跟朋友的對談中聽到過，這樣的體驗被稱爲靈魂出竅。但是與他們敍述中那些靈魂出竅，背負疾病一樣的詛咒，必須找到解決管道才能正常生活的人不同；他沒有這些負面的症狀，也無需治療。

清水帶走他手上的泡沫，順著洗手台的弧度打轉後流下水管，與水龍頭仍嘩嘩流下的水不同，那些是帶著被清洗掉污漬的，骯髒、不具價值的水。

關上水龍頭，將手擦乾，他走出浴室向母親說：「我洗乾淨了。」一面露出他軟嫩的手掌。

「好乖，快過來吃飯吧。」

父親早已穩穩坐在那裡，一雙深黑的眼睛隨意亂瞟，像是掃過了他，又像是並沒有見到隨後坐在身邊的他。

「對呀，聿書很乖，聽媽媽說你每天都有好好唸書，也很聽話。」父親的目光終於正式落在他身上，比起母親經常站著從高處落下視線，父親則多是坐著，投來目光的角度顯得較爲平緩。

不過他一個星期平均也只會見到父親兩天而已，其他時候他都是從母親口中聽說父親的樣貌：他努力上班養家，他有忙不完的工作，忙得沒有時間參加自己學校的活動。

兩道目光交接，他卻覺得父親平視自己的目光，比起母親的視線要來得陌生，也更令他感到不安。

他低下頭，腦中努力思考著這時應該說些什麼。要說什麼才會被認為是乖孩子呢？還是應該如老師教自己的，謙虛地向誇獎自己的人道謝呢？他沒有想出一個肯定的回覆。

母親將盛好的飯從廚房端出來並放到桌上。聿書有一個自己獨特的碗，碗比起父母要來得大，裝的飯卻比他們少。

「我們聿書不僅會唸書，還有很多才藝喔。」母親一面笑著摸他的頭，一面跟父親說。

「聿書這個星期要圍棋比賽，這場贏了他就可以晉段囉。是不是很厲害？我們這個年紀的時候恐怕連圍棋都沒有碰過呢！」

父親的目光一直落在他身上，深黑的瞳孔裡似乎埋藏著什麼，只是那深藏的意涵，並沒有被理解。

「怎麼還是讓他學那個？感覺沒什麼幫助。」終於父親如幽魂一般的呢喃傳來，觸動眼底那抹難以言喻的違和感，一閃而過。

但即使是這樣微弱的發聲，仍是逃不過母親的耳朵。飯桌上一家人坐著，誰都沒先動筷子吃飯，他們互相凝視，似乎有某種預感，抑或是大家都十分有默契地等待著什麼。

「當然有幫助啊！學圍棋可以培養孩子的邏輯思維跟數學計算能力，這些都是軟實力，幫助不是很快就能看見的。你看聿書就是學了圍棋，數學才會這麼好啊。」母親不僅打破了餐桌上因爲等待而凝滯的空氣，也率先動起桌上一盤盤擺放整齊的菜。

「好了吃飯的時候不要說這麼多，快吃吧，先吃飽了再說。」她分別將菜放到父親與他的碗裡。

他盯著被放進碗裡的那團青菜，嫩綠的色澤沾附了油脂，鮮艷得不像是食物。他忽然想起阿公跟他說過，蟬都喝樹汁，牠們攀在枝條上，用像是吸管一樣的嘴，插進樹木中，藉以吸取黏稠的綠色汁液。他雖然喜歡蟬，卻對牠們的飲食有些抗拒。

「青菜也要吃掉，不可以偏食。」母親看著久久沒有動作的他，板起臉說。

他側頭看向父親，對方碗裡也放著母親剛剛挾的菜，還沒有動。但不像自己一樣只有青菜。

正想說話，他卻先聽見父親低沉的嗓音，「我是覺得小孩子每天要學的東西這麼多，是不是挑幾個重要的學就好了。才不會太累，精力也太分散了。」

母親的焦點很快就從他轉移至父親身上。

「學圍棋有什麼不好嗎？不然你想讓聿書學什麼？」

「我感覺這沒有什麼發展性，太冷門了。」

「現在很多家長都讓小孩學圍棋好嗎？你去接過聿書就知道了。」

這句話順利將父親的話噎在了喉間，他側眼見到微微突起的喉結上下滾動了幾圈，最後父親拿起筷子，垂頭將碗裡的菜配著飯嚥下去。

他來回看著父親與母親，他們卻都各自開始吃飯，好像剛剛那些話題都不存在。父親的發言不存在，自己不愛吃青菜的問題也不存在。

餐桌上沒有人說話，只有母親時不時看自己一眼，並持續挾菜到自己碗裡。

他預備好用來反駁母親的說詞沒來得及說出口，只能與父親一同低下頭，將菜配著飯吞下。

他不喜歡吃青菜，但就如同每天的重複一樣，今天，他還是將碗裡的菜吃得很乾淨，沒有剩下。因為母親不允許他們碗裡剩東西，哪怕是一粒米，都會成為沒教養、不禮貌的象徵。

吃完飯他偷偷去瞄父親，對方的碗裡也是空的，沒有剩下。他想，那肯定代表了母親說的話都是對的。

□

星期六的太陽格外毒辣，像是刻意給他的晉段比賽帶來一些困難，應該要逐漸涼爽的氣溫，在那天飆上了三個月來的最高溫，不僅將柏油路面烤得軟熱，連迎面吹來的風都是熱的。

彷彿時光倒流一般，在入秋後出現盛夏，然而那些應該出現的蟬鳴卻不可能隨之倒流返回，耳邊只有人群的交談聲、汽機車行駛的引擎聲，還有母親對自己說話的聲音。

「等一下晉段比賽你放輕鬆，把你平常的實力發揮出來，穩穩的就好，就算沒有通過也沒有關係，媽媽不會怪你。」

他想念起蟬鳴，嘰嘰嘰嘰的、嘎嘎嘎嘎的、嗡嗡嗡嗡的，每種聲音都不一樣，各具特色，只要聽見叫聲，就能知曉牠們的長相。最重要的是這些叫聲他都聽不懂，無論牠們大聲地試圖傳遞些什麼，他都無須理解，更無須在意，只需要跟著那些響亮共鳴的聲音，融入背景之中。

紅燈將機車攔下，漫長的等待使他們的身上都被旺盛的陽光燒灼，額間流下一顆顆汗珠。帶著鹽分的汗水滲入他的眼睛，帶來刺痛感，也模糊了周圍的景物。

紅燈轉綠，他們又緩緩向前進。這次晉段比賽的場地離家有一段距離，所以他必須更早起床，與母親一同越過更遠的道路，去到那個他從未去過的地方。

今天是假日，作爲比賽場地的學校大門前沒有學生，只有一些與他們抱持同樣目的，也許等等就是比賽對手的孩子與父母們，並肩一同進入考場。

母親領著他依照指示穿過複雜的動線，來到一間教室外，他見到許多圍棋教室的熟人，還有那位平常教他下圍棋的老師。

「聿書媽媽，等等比賽就開始了，我們可以先在外面等一下。」

母親鬆開牽著他的手，臉上的淡妝並沒有在剛剛的高溫烘烤下模糊。她的眉眼間流露出歉然，低聲說著：「不好意思，我公司今天還要加班，等等比完可能還要拜託你們先幫我照顧一下他，我之後再去你們那邊接。」

老師看了看他，又看了看母親，露出了然的神色，「那沒關係，我們會照顧聿書的，妳下班再來接他就好。」

母親與老師相互點頭達成共識後，再度將目光移往自己的身上，「你要乖乖聽老師的話，媽媽下午就來接你。」說完，她沿著筆直的走廊急促地往他們先前來時的方向走去。

他看了一眼走廊圍牆外的天光，燦亮的光一束束向下射，射入那些三層樓高的樹木，將樹葉打亮得彷彿透明的綠色玻璃，而他與老師都籠罩在道道折射後的溫和綠光下。

只有母親一人走出了這陰涼所在，獨自面對走廊外那越發張狂的日陽。

他與老師佇立在原地，直到母親走到了視線的盡頭，在一個轉彎過後消失，老師才牽起自己的手說：「我們先進去看你等等比賽的場地吧。」

他點頭，四顧張望，許多聚集在教室內的人他見過也對弈過，當然也有些是從未看過的生面孔。這時他突然想起每天放學，都會在補習班看見的夏樑。

「老師，你知道『夏蟬』嗎？」

老師奇怪地看著他，「蟬？你是說在樹上叫的那種昆蟲嗎？」

「嗯，今天的天氣很熱，卻一隻蟬都沒有。」

經過他的提醒，老師才像恍然大悟般，目光向著那棵長得比這層樓還高的樹看去。

「大概是都死光了吧。雖然今天很熱，但畢竟不是夏天了。」

他仰頭看著老師，黑色的眼中透露出希冀的目光，「爲什麼蟬過了夏天就會死呢？」

老師微微皺起眉頭，臉上閃過不知道該說是困擾，抑或是疑惑的神情。

「因爲牠已經繁殖完，完成了一生最重要的事情啦。」老師想了想後這麼說，同時板起臉來叮囑著，「你等等就要比賽了，先不要想這些東西。」

他點頭。終於知道那些夏蟬總是在夏天結束後就消失的原因。因爲牠們完成了最重要的事情。

那如果自己從來都不會完成任何事情，也不會感受過何謂重要的事情，是不是就不會夏蟬一樣在季節結束後消失？還是連在於夏天鳴叫的機會都可能會被剝奪呢？

如果……沒有完成這件重要的事情，即使擁有更長的生命，他的一生是否註定是安靜的呢？棲息在那高大的樹幹上，以植物的汁液爲食，用相似於葉片的綠色隱匿其中，沒有任何人看得見他，也不會有人找到他。

他將手伸入褲子的口袋中，不經意發現廈棵之前贈與他的那張卡片，即便在光線減弱的教室之中，仍閃閃發亮。

那天遲到十分鐘的廈棵，抽到了他一直想要的卡片，那是一件重要的事嗎？還是完成「重要的事」前，需要有一個必要的動作呢？就像蟬的飛翔，以及鳴叫。

隨著比賽時間接近，越來越多人聚集到了教室內，他們被一一確認過身分，而後各自找到座位與對手，等待著比賽開始的那一刻。

他也依循著大家的動作，筆直地坐在棋盤前，方格交錯的線像是阿公家並列在一起的田，一塊塊的，中間被攏起的田埂隔開，在稻苗長成後，形成鮮明的邊界。

阿公的菜田不知道怎麼樣了？下一次回去的時候就要冬天了，到時候那些菜已經可以收成了吧？同一隻飛舞的白蝶還會不是存在呢？還有那一片隨意栽種，歪斜傾倒的油菜，是否還會在那裡？又或者是在自己離開的下一刻，阿公就已經把它們剷掉了呢？

他腦海中紛飛著模糊的思緒，隨著預告賽事開始的鈴聲，暈散進逐漸模糊的棋盤，成為那片波光粼粼的水田。

那些被他們擺落在棋盤上的黑子與白子，都成為了田中奮力插秧的農人，在那片綠野，只有期待豐收的渴望，再也不必無休止地競爭與廝殺。

□

他一星期都沒有看見廈桴了。

老師說廈桴已經不會來補習班了，因為母親工作上臨時調動，廈桴去了很遠的縣市，那是一個他從來沒有聽說過的地方，也記不起來。

口袋裡那張美麗的閃卡因為反覆與衣物摩擦而有些黯淡。他將那張卡片拿給班上的同學看，問他們：「這張卡片很稀有嗎？」

所有人都爆出如雷的驚呼，並且露出羨慕的表情。「那是最強的卡片啊！」

他覺得自己理解廈桴的意思了。他用每天早上省下的早餐錢，跟同學買了一本專門用來收集卡片的冊子，將這張卡片放到了第一頁。

每天存下的早餐錢就這樣沒有了。望著這本空蕩蕩的卡冊，總覺得廈棌似乎比自己要幸運一點，起碼他喜歡的東西可以收集成冊，並以這種形式得到展示。那些放在玻璃瓶中的夏蟬就算整齊排列起來，也絕不可能放進那薄薄的縫隙中，隨身攜帶。

他終究是沒有成功晉段。那個下午圍棋教室的老師反常聒噪地安慰他，不斷重複著「只是沒有發揮好。」他們將輸了的棋局復盤一遍，又一遍遍打譜，直到日光漸漸稀薄，母親終於出現在教室門口，面上有著被汗水暈開的妝容。

暖黃的夕陽與那些暈開的線條揉合在一起，他感覺到所有的一切都在這時刻相互溶解了；他溶解在了母親的眼睛中，而母親的神情溶解在了這個時空之中。

就像是棋盤上廝殺的棋子，無論是什麼顏色，多大的圍地，在棋局結束後，都成爲毫無用處的東西。可他們總在追求它。

最後，母親牽著他的手，緩緩走進了璀璨的光裡。那裡花費母親的所有，布置好一切，有著所有他需要的東西，在盡頭的彼端，永恆地凝望。

只是那裡沒有阿公的家，他的夏天，和四肢早已僵死的「夏蟬」。

第二章

海潮之音

海潮的聲音總是一陣陣的，從遠方帶著美麗的雲彩而來，任由漩流在其中的浮游生物與藻類沉浮著，散發出淡淡的螢光，如同逐漸褪去的淺薄星光，即使被黑夜襯托，也難以令人看清楚他們渺小的身影。

魚線貫穿海面的那一瞬間，他能感覺到自己的手與釣具同化，隨著鉛錘，直直墜落海中。海水將他包圍，它們以冰冷的身軀緩和他的肢體，令那些流動在血管中無法止息的躁動都停止，世界又重新回到了靜謐之中。

怦怦！

只有偶爾，他會在浪聲中辨識出自己的心跳，叫醒他沉浸在海潮的肢體。當他調動感官，無數從洋流中漂浮而來的物體都成爲他的捕獲目標……有生滿了藤壺與綠藻的寶特瓶，還有那些來自外海，腐朽的魚類屍骸。

他能透過海流聽見那些從不同物體上傳來的聲音；細小的、尖銳的，滔滔不絕順著潮水在他耳邊低語。那聲音像是興奮的旅人向朋友敍述著自己從遠方歸來的趣事，又像是落寞失意的中年人，獨自哀嘆著無法掌握的命途。

嘩啦！

然而無論是什麼聲音，當海潮退去，沉在海水中的鉛錘被拉起時，就都會結束了。牠們會轉化爲一股激烈的律動，那是生命原始的本能，當牠們大張著鰓鰭，尾巴不斷拍打著岸邊的土地，他總能從那之中看見漲潮時，漆黑幽暗的海底幻影。

與先前平靜的大海不同。被他釣上來的海物通常帶著危險的氣息，是那些彷彿隨時可能從忽視的陰影中衝出的不知名捕食者。而他也加入這個遊戲，隨時準備好成爲捕食者，或者被捕者。

他捲動魚線，將這尾肥大的獵物制伏。直到牠不再彈跳，尾鰭也如同離水的海帶下垂，僅餘下鰓還一動一動地張合，他終於伸手拿起了牠。遠方天空灰濛濛的，帶著魚肚的白，然而這陣光卻不足以照亮魚身與他。

海潮的聲音迴盪在耳邊，隆隆的，像是打雷。他重新將魚線整理好，並將長軟的蠕蟲掛上魚鉤，再一次擲入海中。

他期待著海潮爲他帶來的，也渴望那一片吵雜聲，能蓋過自己腦中的雜音。將所有過去、未來都回歸……重生在沒有邊際的寬闊海中。他希望自己能成爲一隻魚，乘著洋流去到任何地方。

即使必須要獵食或被獵食，也渴望著海的包容，在這裡彷彿自己再也沒有重量。

□

昨日他又是住在工地沒有回家。

到家時妻小早已睡下，只剩下客廳那盞暖黃小燈亮著曖昧的色彩。光線透過老舊的玻璃燈罩，折射後失眞，殘留下一地破碎陳舊的光影。

他已經記不清楚自己究竟住在這裡多久。爲結婚而購入的房屋，特別選在好的學區，離學校近，出門就有公園與超市，就算是不想在家開火，附近也有許多小吃店，提供多樣化的選擇。

當初選中這間房子就是因爲生活機能好，但如今他一人站在漆黑客廳，卻突然有些後悔自己那時滿懷期待的決定。

放下身上沉重的背包，即使被柔軟的防水布料包覆，放在裡面的堅硬建材樣本也依舊在觸碰到玄關地面時發出沉悶的撞擊聲，聲音混著震動，低低的，迴盪在無人的客廳中。

異於平常的聲響驚動了妻，幽暗的燈光中透出一道身影，帶著女性特有的柔軟與豐腴，還有著一種情感上的朦朧。影子在逐漸靠近自己後變得清晰，朦朧的美感褪去，留下的只有無比清晰的現實，以及她壓低音量的話語。

「你回來了喔？那邊不用顧嗎？」柔軟的手拂去他身上的灰塵，那些細微的粉末在暖黃燈光的折射下閃爍，像是星星撒落在他身上的碎片。

「嗯，下午再過去就好了。」他感覺到自己的喉嚨有些刺痛，想必是這些天來睡在工地太過疲勞，有些輕微的感冒。他深知自己必須回家一趟，見見在工地的夜夢中，頻繁出現的妻，以及和自己血脈相同的孩子。

九月中的天氣尚未轉涼，屋內的冷氣卻使兩人都感到一絲涼意。睡夢中被驚擾的妻更是無法抵抗突如其來的涼意，禁不住搓了搓手。

「妳白天還要上班，先去睡吧。我沖一下澡，弄個東西等等再睡。」他沒有漏看那樣細微的動作，決定拿出自己身爲男人的體貼，讓夜夢之中還得下床迎接自己的妻繼續一場好夢。

她也確實極睏。昨天爲了應付公司臨時出現的問題，她接聿書回家後仍繼續在家工作，一直到剛剛才打理好一切，並做完家事上床。

還好，她自認並不是一個需要長時間睡眠的人。比起睡眠，她更希望在有限的生命中，完成更多的事情，成就更多的價值。

就與她挑選他作爲自己的丈夫一樣。她深信他們都是相似的人，有著同樣的目標，並且在通往這條目標的道路上，會是一對相互扶持的好伴侶。

丈夫此刻的體貼也正展現了她婚前判斷的準確性，這些都是她計畫中的未來，一樁令人羨慕的美滿婚姻，由她扶養的優秀孩子。

她放鬆下來，打了一個哈欠，「那我先回去睡覺，明天還要送小孩上學。」

「好。」他輕輕點頭，隱沒陰影中的兩人無法確切地看見彼此。妻打完哈欠後轉身，逐漸遠離他的視野。

客廳又恢復了一片寂靜與晦暗。他想自己剛才與妻的對話不超過兩分鐘，轉眼妻又回到了兒子房間那張柔軟的床上，吐息均勻地，與孩子墜入同一個夢鄉。

他不在家時，妻偶爾也會與兒子一起睡，以便就近照顧小孩喜歡踢被子的毛病。他不是很清楚兒子喜歡踢被子的習慣究竟嚴重到什麼程度，從妻子的轉述聽來，似乎是季節性好發的症狀，高峰期在夏季悶熱的晚上。

雖然如此，他卻從沒聽過父親向自己說起兒子有這個習慣，每回他與妻將孩子送去給父親照顧時，妻總是不厭其煩地叮囑兒子的各種生活習慣，並請老人家務必要注意。只是到頭來，他從來沒聽父親對這些注意事項有過任何反應或者回饋。不知道兒子去父親家是否也與在家裡一樣踢被子？還是踢被子這個舉動只是彰顯出孩子對家中的安心？也許在陌生的環境中，人連壞習慣都得以克制？

他沒有想明白，或者也沒有太多心思去考慮這個問題。身上的灰沿著他進家門後移動的軌跡掉落，細細的末鋪成一條醒目的銀河，一路延伸向浴室。

明天早上起來的妻看清楚自己的傑作，又該抱怨。站在蓮蓬頭下的他想著，決心等等出來必須清除那些痕跡，還給這個家原本的模樣——他不存在時的模樣。

水聲稀里嘩啦地響著，空曠的浴室反覆迴盪起重重的回音。他常覺得這樣的聲音有點像滿潮的海，每個音符都是飽滿的，當然偶爾也會變成雨，再也無法支撐自己重量地墜落，打在岸上，碎成一塊塊的破片，尖銳地刺進土地與過路的人身上。但是現在打在他身上的水是溫暖、輕柔的，是為了將他身上沾附的污濁洗淨而存在。

水沿著他的肌膚流下，將那些奔波帶走，沿著地面磁磚的縫隙，一路向排水孔流去，源源不絕地離開自己。

等他從浴室出來時，又是那樣嶄新且乾淨的自己。將身上那些殘留的水珠擦乾，他通向無光的臥室，那裡有一張雙人大床，只是今天躺在床上的只有自己。

他知道自己還有事情沒有做，應該要處理完再睡，身體卻不理會計畫，逕自沉沉陷入柔軟的棉被之中。

也許能夠明天早點起來弄吧？那樣他就能夠趕上妻兒一同出門的時間，在光亮的地方看著他們，跟他們說說話。即使他還沒有想到自己該說些什麼。

他翻了個身，頭靠在枕頭上，深深地下墜，去到了那個通往海的入口，穿過緊閉的大門，進入。

房內沒有燈光，只有窗外的月亮著，透過氣密窗照映在他臉上。在那個很深很深的地方，月光都照不亮的所在。

□

起床時，妻兒已經離開屋子。房間內迴盪著空曠的回音，哪怕是一點磨擦的細聲，都會在耳邊無限放大。

走出臥室，昨日綿延在地的銀河已經消失。他轉頭看向窗外的天幕，青藍色中飄浮著些許的白，今日是一個不過分炎熱的好天氣，銀河在亮白的陽光中理所當然地隱沒。

妻子回家後應該會責罵自己吧？他還帶著些許睏意的眼眸不安地四處瞟動，想到接下來必須面對的命運，不禁有些忐忑。但隨即他想起，等到妻兒都回家時，恐怕自己又早已駕著車，行駛在穿越縣市的路途了。

想不到自己與這棟背負了半生貸款的房屋竟如此薄緣，一年待在家中的時間加加減減恐怕還不滿幾個月，剩餘時候他都像是個浪子，總是輾轉在各縣市之間，承包著一椿又一椿不能停下的裝修案。

每次他回家時，總能感覺到妻的眼神正向他訴說生活的不滿。妻子是個努力的人，總是企圖扭轉一切不如意的事情，從居家生活，到工資待遇。他一直都很清楚，爲了給孩子更好的環境，妻子付出了多少心力。而這份沉重的目光也經常在不經意間，掃過他身上。

每當妻用那樣的目光看著他時，他就會不由自主地吞口水，腦中嗡嗡地響。她是不是正審視著他？她是不是正在思考嫁給他是否是正確的決定？她是不是又在計畫什麼改變生活的方式？

妻子腦中總是快速且不間斷地思考各種計畫，從投資理財、孩子教育到日常生活。彷彿每個環節都在妻的計畫中，也只有這樣，她彷彿才能找回一些安全感，願意停下匆忙的腳步，好好看看這個家與她。

天邊的太陽逐漸炙盛，他終於注意到今天已經是一個新的開始，不再延續昨夜的那些渴望與記憶，包括那些未完的事情。今天的他必須有一個新的開端，在全白的待辦欄中，依序填上一切他所期望的，將那些空下的時間都填滿。

沉思幾秒後，他決定先從出門開始。拿起手機，他撥打了自己最常聯絡的那組號碼。

「喂？你在哪裡？」

電話那頭傳來與他同樣低的嗓音，卻清晰明快，即便不見得每一次的通話都符合期待，但他們都已經習慣使用這樣的語調，讓自己聽來顯得年輕些。

「我在看五金，怎樣？」

「不要看了，那個沒有這麼趕啦，先出來釣魚啊。」

「你不是說下星期就要完工了？要我快點找好五金嗎？」

「就說那個不急，你明天去找也可以啊，先來釣魚啦，我今天放假耶。」

「你不在工地喔？」

「我昨天回家了啊。」

「那現在工地誰在顧？」

「小陳啦，我叫他幫我顧半天。」

「喔，好啊。老地方見嗎？」

「當然。」

「三十分鐘後到喔。」

「好，等你。」

手機通話被切斷。

他以手抹了抹臉，終於將那仍然盤旋在臉上的迷茫與疲累一掃而空。隨意抓起衣櫃裡的一套衣褲，將它們套到自己身上，又翻開昨天被自己擱在門口，放著建材目錄的包包，將一袋昨天來不及拿出來的髒衣服全倒進洗衣籃。

這是他每次回家都必須完成的動作，也可以說是他每次回家時最重要的目標——處理這些日常所需。

處理完這一切，他感覺到自己又是平常那個，總是一人掌握全場，管理各個工班進場施工的「設計師」了。

帶著那個放有建材目錄的沉重包包，他關上門，離開仍留有他溫度的家。

坐上駕駛座，他猛然發現這陪伴自己多年，行駛過無數高速公路的戰友早已殘破不堪，皮製的椅墊因爲總是被堆放堅硬沉重的建材而破損，露出深黃色的棉花。他總是覺得自己座椅裡的棉花顏色要比起別人深，不知是因爲時間的浸染，還是其他被皮革保護的棉花不必面對磨損，始終可以最大程度地保持自己的色彩。

他始終不曾將那些被磨破的地方補上，於是妻總是不願意坐他的車，老是要到沒有辦法時，才勉爲其難地用一條布蓋住那些裸露的地方，然後有些埋怨地看著他。

有時，他感覺自己像候鳥，總是密集地往返於兩地間，於是偶爾也會迷航，被那些短暫閃爍的光點吸引住目光，偏離前行的方向。

□

他開車時經常分心。比起路面，更吸引他目光的東西太多，例如那支無法安靜的手機，他總無法克制自己想立刻知曉那些傳送來的訊息內容。

行駛在路上時，他腦中也常想著那些修改不完的圖面，以及每次趕往不同目的地時，處理不完，卻又急需解決的問題。有些難題對從事裝修行業多年的他來說駕輕就熟，但有很多事情，即使已經熟悉卻仍然感到困難，比如人生。

但還好，今天是他難得擁有的半天休假，這台車前往的目的地不是總出現難題的工地，也不是必須花費大量精神跟業主談價的工作室。

隨著車子開上的道路越來越偏僻，不僅車輛變得稀少，路邊還開始出現大片的荒地與叢生的草木，空氣中隱約能夠聞到腥鹹的氣味，他知道，那是接近目標的信號。

果然，車子再往前開一些，他就看到了那道佇立在岸邊，熟悉的身影。

岸邊專注凝望海面的人回神，原本叼在嘴上的香菸發出微弱火光，隨著回頭的動作，被遠遠拋在沙地上。

「你不要亂丟菸蒂啦，小吳。」他開啟車窗喊。

「不要囉嗦啦，你快點把車停好過來，我很忙啦，等等還要回工地。」對面的人音量比他來得更大，帶有一點不耐煩的語氣，這是屬於他們的溝通模式。

他將車子停在路旁一處荒地上，反正這一帶人跡罕至，不會有警察來拖吊，也不太可能有哪個多事的正義魔人檢舉。他從後車廂拿出釣竿與釣魚冰箱，裡面還放著他精心準備的祕密武器。

小吳一直站在離海不遠的位置，看著他一通忙碌地跑來，就像是沉默觀看著一場自己不需要加入的電影。

起初合作時，他總覺得對方有點奇怪，這樣的個性好像不太適合做室內設計裝修。以他的理解，這份工作不光是要了解工程施作這麼簡單，更多時候考驗的是設計師與業主的溝通能力。溝通能力好的設計師，即使材料用得差，施作也馬馬虎虎，一樣能夠收入豐厚，搞不好還廣受好評；而不會溝通的設計師即使認真負責，從不偷工減料，往往仍是被嫌棄這裡不夠好、那裡不夠漂亮，甚至被客戶想方設法地壓低工錢，總覺得設計師肯定從中大撈了一筆。

他每次跟小吳相處時，都覺得對方這麼容易不耐煩，且有時陷入莫名沉默的個性，肯定很難在這個產業中生存。可出乎意料地，自己認識對方到現在已經過了十年有餘，他們誰也沒有被誰拋下，後來甚至一起合作，經營了一間公司，平常主要由他出去接業務，小吳負責跑工地，當然忙不過來的時候他也必須隨時支援工地。

公司這兩年才成立，多虧從前打下的人脈，來客數比起其他剛開的小設計公司要來得好上許多。但即使如此，盈餘的錢兩人分一分，再扣掉一些公司必要的開支，也僅僅勉強能夠支撐生活而已。

從前他們剛入行時，嚮往著月入數百萬的生活，而今十多年過去了，工作無限增加，夢想中的薪資沒有拿到，反而是每一次能賺取的利潤也因爲網路普及，業主四處比價，而逐漸降低。

他終於來到小吳面前。

面前的大海金閃閃的，如同亮燦燦的寶石，他想起結婚時因爲妻子的要求，自己買了一顆很大的鑽戒給她，那時她燦爛的笑容也像是這片海，閃閃發光。

小吳斜睨了他一眼，提著他的釣竿與工具，沿著海岸線向前走。

「去之前那個地方釣啦，那邊魚比較多。」

他知道小吳說的是哪裡。那一片突出海岸的岩石平台，浪花總是擊打著被蝕平的礁岩，當他們站在那塊岩石的最邊緣，爲了魚獲盡可能地探出身體，他們就與那些被磨平稜角的岩石同樣，承受著浪花的衝擊。他們的腳像樹根一樣牢牢紮在岩石上，試圖將自己與這塊貧脊的土地同化，想像自己與這塊也許百萬年前就存在的礁岩一體，牢牢屹立在浪花的侵蝕之下。

他們的手必須握緊釣竿，在濕滑黏膩的阻礙下，半點不能鬆懈。這是一場與海的搏鬥，只要誰稍稍大意，就有可能失去性命。

不過今日沒有下雨，海面上也沒有大風浪，恆定的海潮只是象徵性打上這塊岩石，綻開微弱的水花，毛毛雨般沾附在他們的身上。

他從釣魚冰箱中拿出自己此行帶來的祕密武器。

「我專門繞到釣具店買的沙蠶，聽說魚愛吃，上鉤率倍增！」

小吳瞥了他一眼，拿出自己的路亞，「不然來比比看，魚愛咬你的餌，還是我的。」

他露出燦爛的笑容，聯繫兩人多年的活動通常於這種狀態下開始。由一方先向對手挑戰，然後兩人拚盡全力追求勝利，分出輸贏後約定下次再戰。

「誰怕誰，來啊！」

他們之間的交談於彼此，不過是點綴。很快地，響亮的海潮聲會遮去所有聲音，遮斷五感，他們沉浸在那短暫被洋流所包覆的空間，化為隨波的魚，在蔚藍的包圍之中安心沉墜，墜入沒有邊界的世界。

海浪聲追隨日照軌跡的推移而越發厚重，每一次飛濺在身上的水珠匯聚成龐大的力量，逐漸打濕兩人的身體，海風吹來帶著微冷，即使是九月的晴天，日光也無法調節那沁入身體的溫差。

很快，他們的身體都顫抖起來，滑溜的掌心彷彿握著一尾鰻魚，左搖右擺地掙扎，企圖脫出他們的掌控，回歸原始而美麗的海。

「來了！」

小吳的聲音率先劈開磅礡的海潮，如大洋中央陡升的一座小島，突起的山巒尖銳地指向天幕，試圖將一切阻擋在面前的阻礙統統貫穿。

遠處平坦的海面破開了口，鐵銀的顏色從那些花白與深藍之中躍出，高高地飛翔，越過那些綻開的白沫、平緩的礁岩，與他欣羨的目光，墜入小吳早已等待著的網中。

「這尾很大喔！」

佇立於浪花中的他們也分不清迴盪在耳邊的是誰的聲音。他們共同端詳著這尾剛自海中上岸，最生猛的「鮮味」。

「哇，箱子都放不下。」

「釣魚是靠技術，那個沙蠶哪有我的技術厲害。」

「你今天是運氣好啦，我就不相信一尾都釣不到。」

鐵銀大魚不斷在網袋中翻滾，銀白的魚鱗散落在粗糙的岩石上。牠的鰓蓋打開，魚鰭被卡在網格之中，張大著嘴費力呼吸。

他們帶來的釣魚冰箱都太小，一時間竟然拿這尾大魚毫無辦法。

「等等直接帶回工寮加菜啊，這一尾夠吃了。」

小吳沒有什麼反應，似乎有些呆滯。

他看著大魚亮晶晶的眼睛，中間有一點黑色的瞳孔，與他們的眼睛很像，都是一個深邃的黑洞。只是他想：上岸的魚多半是因爲即將死亡的散瞳反應，而產生黑洞，那小吳眼裡的黑洞，又是源自於什麼呢？

「沒有保鮮，帶回去都臭了，乾脆放掉好了。」

「你路上買個紙箱加冰塊冰著不就好了，這麼大尾你要放掉喔？」

他想起自己還掛在魚鉤上那條專門買來的沙蠶，對於小吳竟然要將釣得的獵物放歸，心生不滿。

也許是小吳的想法透過漆黑的瞳孔傳達給了大魚，激起了牠再度奮力一搏的希望，也或者這一切就是小吳技巧性的縱容。總之，在他看清楚發生什麼事前，小吳舉起魚網的那一刹那，大魚彎成如弓一般的弧度，縱身一躍，再度飛上了那片模糊的邊界，飛出了他們觸手可及的範圍。

「啊！」

他只來得及發出一聲短促的驚嘆，就看見破開的海面迅速回塡，吞沒了牠的身影。

「就這樣跑了，眞可惜。」他聽見自己的聲音透過頭骨，迴盪在腦中，但也許那樣的話語也會跟著回歸的大魚一起被海吞噬。而企圖望穿海平面盡頭，找到大魚回歸路線的小吳並沒有對這句話做出任何反應。

眞正令他們從那個遙遠的彼方，已經吞噬一切的海中尋回歸途路徑的，是兩人身上同時響起的手機。

「你是不是跟阿弘在一起？快點回來啦，廠商有問題要找你們。」

「你是不是跟小吳在一起？先回來一趟啦，廠商在找你們。」

電話是不同人打的，口氣卻出乎意料地雷同。有時他有點懷疑，是不是去掉這些號碼上的備註與名稱，自己將會一個人都認不出來。不知道他們的模樣，不知道年紀，也不知道自己與他們的交情深淺。

「好，知道了。」

小吳收起電話，很快就開始拆解手上剛剛立下了大功，與大魚搏鬥好一段時間的釣竿。黑色的眼睛凝望著海，藍綠的顏色暈染了瞳孔，小吳沒有任何遲疑，帶著空空的冰箱，向著崎嶇的回路走去。

他將浸泡在海中多時的魚鉤拉起，那條掛在鉤子上的沙蠶已經因爲海水的泡蝕而死去，成爲埋入海中的一員。但他很快就發現沙蠶的死因也許並非這麼單純，牠長長的身體末端，有道咬痕，將無法全部被魚鉤刺穿的部分截斷。

他想，也許自己握桿時感覺到的那一點預兆並非無中生有，只是時機不對而已。就如同這通電話，也不過是無數次重複的不湊巧。而這無數次的重複中，人的個人意志永遠被放在最末位的地方。

□

她回到家時，丈夫已經離開了，只剩下沒有整理過的床面上，揉縐的棉被隨意攤開，以及那些被他留下，放置在洗衣籃裡的待洗衣物。

聿書吃完晚飯後，安靜地坐在沙發上一邊看書一邊吃水果。書是她聽安親班老師的建議，特別挑選的優良課外讀物，可以幫助孩子從小打好作文基礎。

聽其他家長說，孩子的語文能力至關重要，尤其是作文，一定要學好，才能在以後的升學測驗中拿到好分數，錄取理想的大學。

她當然也並非是只問成績不問其他的母親，但她總想先一步替孩子計畫好人生中所有可能的必需，防範生命中所有可能發生的意外與混亂。

這興許就是女人與男人天生的不同，孩子的管教對於整天忙於工作賺錢的丈夫來說，就好像是一件再隨興不過的事，他不僅從來沒替小孩考慮過未來，也不曾仔細衡量過當下的利弊。

每每想到這些，她便深刻察覺到自己的時間是多麼有限，事情層層累積，直至最後壯大如山。

她沒有心力去責怪不吭一聲就離開的丈夫，也不願再去計較每星期固定出現，堆滿洗衣籃的衣物。她只能做到自己能做的，在有限的時間內，機械地完成。

俐落地拎起洗衣籃，她打開陽台的燈，衣物被丟下洗衣機的那一瞬，花花綠綠的顏色讓她彷彿看見那些鮮艷的花紋都成了一張張的嘴，在注入的清水中，不斷地向外吐著泡泡。但只要再眨眨眼，那些嘴與花紋就都消失了。

滾筒的運轉聲劃破寧靜安詳的夜，面前翻騰的水波，在那狹小且有限的空間不斷晃蕩……晃蕩……沉靜的夜已然被雜音掩蓋，只剩下她頭頂那盞光，仍微弱地照亮四周，與她所在的位置。

眼前的景物正融進黑夜中，只有當她側首時，能看見一點微光照著緊靠外牆擺放的花架，上頭盛開了五顏六色的花卉，在夜裡鮮艷得像是在發光。

少女時期，她對生活有許多想像，比如要擁有一座屬於自己的庭院，庭院裡種上所有她喜愛的花卉，一年四季都盛開著美麗的花朵；穿過那片精心打理的花園，想像中那個屬於自己的丈夫會站在那，他帥氣、有錢且體貼溫柔。他們會一同養育屬於兩人的孩子，在那個有著花園與寬廣空間的愛巢裡，所有事物都像七彩泡泡般美好。

然而現在自己已脫離當時青春洋溢的年華，輕薄的七彩泡泡也總是容易破滅。

無數陳舊的畫面與思想在腦海中飛馳，如同一口深邃的井，隨著她一點點下探，那些來不及腐朽，還保留著形狀的舊物，便慢慢自漆黑中浮出。沿著模糊的邊緣一路溯源，直到指尖觸碰到井底深處，撈起一灘灘再無法保留形狀與色澤的爛泥。

爲了不使那些往日變質、腐朽，她必須常常打撈起過往，以證明自己存在的軌跡，但是越靠近井底的部分便越難挖掘，那裡寄宿著自己最初的源頭，已經太過遙遠。

如今，她只能擁有一個美麗的花架。她每天細心澆灌那些擺放在陽台一角，茂密盛開的花卉，鮮綠的葉片與碩大的花朵們都彷彿注視著她的舉動。它們總是將細弱的莖幹挺得直直的，昂起沉重的花苞，盡可能地舒展身體承接著從澆水壺中灑落的清水。

花朵在照顧下一天比一天美麗、嬌艷，她卻在日復一日的生活中逐漸枯黃、凋零。直至再也想不起那些年輕時對婚姻美麗的想像。

每一天，當她結束整日的辛勞工作，都會照料那些盆栽，給它們澆澆水，也會跟它們說說話。

她與盆栽聊天的話題十分寬廣，從小孩在學校的良好表現，到抱怨丈夫總是不在家，最後話題會來到她的職場，哪個主管又做出了蠢事，又或者哪個同事總是給她找麻煩。

雖然談論的話題非常廣泛，但她與盆栽說話的時間其實很短暫。通常是在兩者互相凝視的那一瞬間，她想像著巨大的花朵中央會長出一對璀璨的眼睛，他們會互相凝視對方，然後由她負責傾吐，最後盆栽會溫柔地安慰她。

洗衣機停止運轉，耳邊的聲音停下，她終於從那口深井回到地面。微弱的燈像是太陽，告知她今日仍有時間殘留，能夠趕在最後一秒鐘結束那些如蚊蟲般驅之不盡的工作。

將洗好的衣物掛起晾曬，她從陽台回到客廳。孩子已經不在沙發上了，即使沒有自己催促，他也很自動地整理書包，仔細檢查聯絡簿上的每項作業，以及要帶的東西是否都準備好了。

「媽媽，老師說這張單子要給妳簽名，明天要收回去。」

那是一張教學觀摩的通知書，需要拿給家長簽章，並在回條勾選是否參加。通知單上標示的日期是下星期四，她在腦中仔細模擬著下星期可能的上班場景，最後拿起筆，在回條上勾選參加，並簽上自己的姓名。

她將回條交給孩子，看著他那對黑色的大眼珠，忍不住笑著說：「媽媽那天會去，你要好好表現喔。」

孩子點了點頭，黑色的眼睛還是一如既往閃亮，她從他隱隱揚起的眉毛猜測，他也許是有些期待的。

「媽媽晚安。」

他將回條夾進聯絡簿並放到書包，回到專屬於他的小房間。那裡有張專屬於他的床，雖然對他目前的身高與體型來說，床大了點，但是孩子總會長大，她希望能像屋外的盆栽一樣，枝葉每天都比前天更長，更粗，花苞也如吹氣球般，翻倍成長。

她希望他快一些長大，長滿那張她考量未來使用而特地買大的床，手腳如花草一般強壯而修長地伸展，長成她心目中預設的樣貌，長成那個她與丈夫今生已經無法到達，潛藏在深井最下層朽化，曾經希望的模樣。

孩子房間的燈暗下，從房門外隱約能看見黑暗中，在床上蠕動的小小身軀。

她預期他將如同一條肥美的毛蟲，一次次蛻皮，最後成爲完美的蝴蝶。在這個過程中，她也將一次次釐清自己的定位。是提供毛蟲化蛹的枝條，也能是蝴蝶飛累時，盛開在面前，呼喚牠來休憩的花朵。

她總是不斷提醒自己，屬於自己的形貌，以及必須扮演的形象。

客廳的光線亮如白晝，長期缺少一個人的家庭顯得有些安靜，一過十點，就只剩下自己一人獨自在白晝下繼續未完的工作，一直到光熄滅，那也是她這天的盡頭。

偶爾她會有種錯覺，就如同每一次她站在陽台的花架前，看著那些擺放在架上，被自己照顧得茂盛茁壯的植物。

她想自己眞正的生活也許是從盡頭開始，與那些花苞同時，在漆黑的夜夢中伸展……

進入長長的深井，撿拾那些還未腐爛完全的碎屑。

□

電腦桌面始終是那一天的景象。只要開啟電腦，最先看見的就是那一天。而今他已經忘記將照片設定爲桌面的理由，也或許本來就沒有理由。照片裡的陽光炙盛，光芒甚至在照片的一角露出過曝的白色痕跡，彷彿將整季的日光都凝聚在照片中。他記得那是一個夏日，是那一年特別熱的某一天。

詳細的情景已經無法準確記憶，只能見到照片中的人們都笑得很開心，向著鏡頭，背景是一處不知名的溪流，遠方有嶙峋的岩壁與潤玉般的水色，溪流朝前延伸，靠近鏡頭的這一側顏色漸淡，但還是隱約能感覺出比相片中的烈日溫度稍低。

不知是因爲那天的陽光太烈，又或是溪流中過多的水氣蒸散，照片中的人臉龐有些模糊，卽使後來他曾試圖調取腦海中關於那天的回憶，也始終是一團朦朧的模樣。記憶似乎是以這張照片爲分界，自拍攝的那天往前回溯，所有畫面都被水氣浸潤，如同嚴重受潮的底片，難以辨認，而這些人，在那天之後再也沒有見到過。

有時候他也會試圖在腦中構建一些非日常的可能。比如照片中站在自己左邊的男人，他之後也許去了一個全新的世界，在一個奇異的地方，過著與自己全然不同的生活。他好奇著，在那個與自己平行的世界中，對方是否也與自己有著相似的困擾，是否每日都必須奔波在回家的路途，在長途昏沉的駕駛中才突然回過神來，發現自己原來還未到達任何可以停棲的所在。

他不知道，也許永遠都沒有機會知道，或者說即使知道，對於無法離開這個世界的自己來說，也是沒有意義的。

那是那年夏日最炙熱的一天，從此之後他們各自流散，去了不同的世界。而他的世界在之後固定了下來，擁有相似的路徑與固定的範圍。

桌面載入完成後，那張始終沒有換過的背景圖片被緊隨出現的捷徑遮蓋，有些圖示遮住人們的臉，有些則遮住了遠方那一汪碧綠的水色，這張照片如同未完成的拼圖一樣，被拆解成了一塊塊，那些被遮擋住的細節變得意味不明。

但是他已經放棄探究，不再留心那些與他的世界不相干的消息。他的目光從桌面背景移至那個被排列在最上面，最新建立的檔案，滑鼠點擊兩下就能進入另一個稍有分歧，但與自己並列共存的世界。

ＣＡＤ圖檔打開後，螢幕陷入一片向四邊鋪開的沉靜黑夜。他覺得這個新世界中泰半的時間都是安靜漫長的。他會花很多時間在這片漆黑之中架構出腦海裡想像的模樣，也會花費許多時間細細審視那些顯現出的輪廓，是否夾帶著錯誤或不合理。

在工班進入案場前，他絕大部分的時間都花在這裡。以丈量的數字試圖在一片黑暗中，拼湊並再現出他看見的世界。

白色的線先繪製出外框，通常是方正的格局，只有少數的建物會呈現極其特異，在丈量與繪製上需要花費更多心力的形狀，如果遇到那樣的案子，他就必須花更多時間去規劃。初步標出外框後，就進入細化圖面的階段，在這段時間內他除了會將詳細的建築配置都安排進去以外，還會隨著配置的完善，將自己收集到的需求，以不同於目前的新樣貌，呈現在圖面上。

他在繪製時，總感覺到自己好像進入了另一個時空，在那裡時間不會流逝，也沒有日夜的分別，只有不斷更改與延續下去的圖面，在黑暗的空間中，一張並著一張。每更改一次，他就在檔案名稱後加上不同數字，數字也會與自己花費的時間成正比，無限擴大。

偶爾妻子抽空來到工寮，看見他端坐在電腦前，都會投來好奇又懷疑的目光，似乎對於這一片漆黑的世界為何能奪去這麼多時間而感到訝異。那時他都會以「從無到有是最困難的」去解釋這項花費時間的作業。

就像是自己電腦中一個個佔滿資料夾的檔案，和那些輸出後堆積在車上的平面圖，每一份圖面都由複數的期待整合起來，再經過他的設計付諸實現。而當他終於存夠了錢買房的那天，他終於稍稍理解那些人的心情，不同的是這個即將成為自己居所的地方，自己同時作為主人與施作者，能表達的意見卻很有限。

她有時能明白自己的解釋，有時不行。他花了很長一段時光在思索這件事。為何人與人之間，在那個重疊的深色地帶總有一小區塊，是彼此怎樣都無法踏入的？

他想那是不是一處因為空間相疊，在最小範圍內扭曲的場域。

即使刻意控制範圍，他仍然時常在客廳中對著漆黑圖面沉思時，被妻子以奇異的目光注視，她原本高亢的嗓音也會隨著注視的時間，逐漸低下，向著那怎麼都無法彼此交集的空間而去。

妻的聲音起初還保有原來的音色，隨著音調逐漸延伸進入那塊特異的空間內部，聲音不斷變化，最後與他熟知的模樣變得不再相似。像是一種深沉的，自井裡經過重重迴盪，傳出的聲音。

登等登等登等等登等……

他從一片漆黑沒有邊界的地帶暫時脫離，才察覺這些聲音並不是從自己的回憶中竄出，而是來自擺在電腦旁的手機。

亮起的螢幕上出現的字是：老婆。

「怎麼了？」

電話那頭這次傳來與記憶中相似，稍微高亢了一些的聲音，此時的音調還未向下，進入那最模糊的地帶。

「你下次什麼時候回來，聿書的補習費要繳了。」

他揉了揉有些瘦熱的眼睛，雖然雙眼迎視著那片黑暗並不久，但僅僅是那樣短暫刺激，白色的線條還是在他眼中留下了淡淡的殘像，當他將視線轉移至什麼都沒有的白牆上時，逐步下探的聲調就會在陡然之間墜落。

「你有聽見嗎？」

他連忙將視線聚焦，企圖將意識集中在一成不變的對話中，「我有聽見，最近工地比較忙，需要錢的話我可以先轉過去。」

音調向下。

「你多久沒回家陪過聿書了？」

「我知道，但是最近要驗收了。」悶熱的空氣中，他感覺到絲絲水氣沾附在自己臉龐，隨即凝結成一顆顆水珠，沿著他方正的下頷滴落。黏膩與潮濕的觸感透過肌理傳導，帶來一陣厭煩與躁動。

「我工作就不忙嗎？但是我可以因爲這樣的理由就不管孩子嗎？難道你希望孩子長大後根本不記得爸爸參與過他的童年嗎？」

他沉默地按下遙控器，冷氣開始運轉發出細微的噪音，一陣乾爽的冷風由上朝下向他吹來，濕潤的皮膚乍然迎上這樣的溫度，漸漸麻痺了他坐立不安的感覺。時間似乎經過了很久，又或許只有從按下開關到冷氣運轉爲止的一剎那。

他在冷氣的運轉聲中隱約聽見電話那頭傳來重重的嘆息聲。他連忙拿穩手機，張嘴。

「我知道，是我不好，很多事情都辛苦妳了。可是現在真的比較忙，等這個案子結束，我再回家好好補償你們。」

重重的嘆氣聲彷彿又重複了一次，但他仍然持續受到壓縮機運轉的聲音影響，錯失了聽清楚的瞬間。索幸間隔僅數秒後，他聽見了電話那頭穩定回傳的訊號。

「你要是不去釣魚、不跟你那些朋友喝酒，會沒時間回來嗎？」

雖然傳遞過來的訊息無比清晰，不過他卻失去了回應的能力。階梯終於觸底，進入那塊交疊中卻相互斥離的地帶。

「孩子不是我一個人的，我也有我的事情要做。要你回來也不光是需要繳錢而已，你有多久沒有照顧孩子了？」

隨著他短暫地失去行動力，妻子的聲音也逐漸變化，最終變成他記憶中會出現的那個頻率。

「每次要你撥出一點時間，你就這樣。你覺得拿錢回家就沒有責任了嗎？」

直到熟悉的音調出現，他終於找回剛剛那些中斷連接的神經與訊號，操控著有些生疏的嘴，迎著不斷吹來的冷風說。

「我不是這個意思。」然而好不容易連接上的神經卻時靈時不靈，張開的嘴突然間又失去控制，緊緊閉合起來，無法從中洩露出半點聲音。

他在這短暫無法發聲的沉默中思索起那些斷開的話語。自己確實因爲沉迷水的召喚而輕忽了家庭嗎？又或者偶爾趁著夜晚，獨自開車前往某個熟記的釣點，一直在那裡待到天亮，才沾著滿身潮水味回到工地的事情，難道都被知道了？

但自己受到召喚的情緒，渴望自由行動，難道是不被允許，會帶給他人困擾，或者不必要的嗎？

如果眞的是這樣，那屬於自己的部分還可以做些什麼呢？排除掉所有必要的行程與計畫後，留下的還有什麼呢？

他無法確定在自己思考時究竟過去了多少時間，又或者是時間在自己思考時已經悄悄停滯，等待身體又憑藉著意識開始行動。

「我這幾天把事情處理到段落就回去。」

身體感覺自己正許下了一個承諾，在逐漸降溫的室內微微顫動，也許期待著這樣的動作可以帶來一些熱量或者動能。

「好，學費的事情我可以先處理。回來之前記得先打電話。」

接連在他的身體動作後，音調終於逐漸上升，走出了交疊中深邃的地帶。

就在回升到了一個程度後，電話那頭傳來不屬於人聲的電子音效，將手機抽離耳邊時，螢幕已經暗下，顯示在螢幕上的字也已經淡去。

他的視線再度回到那片黑暗之中，只有微微發光的線條，像是一條條延展的路。

而這些路最終都會在某一個節點閉合，或者消失。

□

入夜後所有機具都停擺，他確定門窗已經關緊，便鎖上工地大門，不留下一絲縫隙給摸黑的影子潛入，杜絕任何發生意外的可能。

小吳站在他身旁抽菸，縷縷煙絲盤旋著向上，流向點綴著星星的天幕，將閃爍的星光都蒙上一層黯淡的灰色。

「今天那個廠商要先收款，可是請款還沒下來，怎麼辦？」小吳的嗓音悶悶的，像是被濃煙遮蔽了，所有的聲音都被圍困在煙霧圍起的空間之中，反覆地迴響。

「我明天去跟他們老闆講看看。」

突兀地，裊裊升向天幕的煙霧因風改變了方向，一個急轉彎，也籠罩住他的身軀，將他的聲音也圍困進牢籠之中。

「今天聽那個人的口氣，感覺不好談……」

「如果談不動，就只好湊一湊……先讓工程做下去。」

「你那邊現在可以湊多少？不夠的我擔。」

他沒有說話，兩人間的對談如同天上黯淡的星光，逐漸隱沒在黑夜之中，找不到終點的方向。

煙霧瀰漫的夜裡又失去了星光，只剩下菸頭的火光照亮著小吳微側的臉龐。暖黃的歲月在他臉上回溯。令那些被風雨擊打出的凹痕，以及逐漸鬆弛的肌膚都在一瞬回復到他剛認識對方時，那樣生氣蓬勃的樣貌。

他眨了眨眼，菸頭上的灰燼落下，燒到盡處的菸屁股畫出一道弧線的軌跡，墜入水溝中。小吳將最後一口吸入肺葉中的煙霧呼出，濃郁地，覆蓋住他的臉龐，那短暫回溯的時光隨之消退。

「這點錢我還出得起，錢下來再補回來就好了。」他的視線隨著彈出的菸頭落向水溝，那一點星火在漆黑的通道中完全熄滅，看不見半點亮光。

小吳對此僅是喔了一聲，像是在表達知曉，又像是想以這樣微弱且短促的對話，反抗這個結果。然而煙團還是籠罩著他們，只要一張口，那些還未散盡的濃煙就會再次滲入肺葉之中，難以言語。

於是兩人都沒有再說話。星與月又散出淡淡的光，他們踩踏著被夜光沾黏在路面上的影子，每走一步就將影子踏碎，然後碎裂的黑色斑塊會游移到他們前方，與其他同樣零散的影子融合，以確保他們踏行的每一步，前方始終鋪滿連片影子。

工寮就在工地不遠處。房屋是他向附近的住家商談出租的，租金他與小吳各出一半，白天時工寮聚集起一群工人，附近還有商販來兜售物品。

入夜時人群都散去，工寮就成了他與小吳的住所，他們會走進房內最深處，白天總是關起充作辦公室的那個空間。

他與小吳就睡在那裡，在唯一的辦公桌旁擺上兩張可移動的折疊床，夜色會從窗戶流瀉進來，充滿整個空間。

偶爾，小吳會將自己的床搬去外面，在大門一進來就能夠看到的位置，那條通往房間的走道上。夜風順著通道輕拂他的身軀，將那些充斥在夏夜的熱度帶走，也捎來星星閃亮的夢，夢在他的眼裡，光輝燦爛，偶爾會從他緊閉的眼皮之中透出，被半夜起來上廁所的自己看見。

他總是疑惑小吳夢裡的星星模樣。因爲那自睡夢中透出的光，遠比他見到的景色還要明亮，也比他每次回家時等待他的燈火更加醒目。他不知道自己睡著時星光是否也會透出夢外，照亮閉上的雙眼。但他的房間沒有夜風，唯一通向外面的窗戶只能供給夜色進入。

他們在工寮前停下腳步，罩住小吳臉的濃煙終於散去，還給了他被濃煙遮蔽前的聲音。

「這個案子是我們一起決定要做的，錢我也應該出一半。」

小吳的面孔清晰地浮現在黑暗之中，也許是因爲工寮外牆的白色二丁掛反射著光，打在他們的身影上，也或者是由屋內透出來的燈火傳遞到了兩人站立的地方。

「不要這麼麻煩，反正錢一下來就補回來了，我先墊沒關係。」

他們僵硬地站在工寮前，沒有移動腳步，就像與地上的黑影同化，一同被光嵌進地面。

「這是責任分配的問題，該有我的責任我就應該擔起來。」

「我只是覺得這樣很麻煩，錢要提來提去。」

小吳定定地看著他，此時星星還沒有進入對方的眼睛，那漆黑的瞳孔就彷彿兩個下陷的黑洞，空蕩蕩的，什麼都沒有。而他靜靜看著那中空的內裡，企圖從中捕抓到任何一點可見的形體。

「孩子還這麼小，正是要用錢的時候，我知道你不容易，反正就是這樣，如果沒辦法談成，就一人一半。」

小吳說完，抬起隨著年紀增長，而略帶沉重的腳步，緩緩走進屋內。屋內的光在那一瞬間暗下，接著傳來小吳搬動折疊床的聲音。

他知道，今晚對方又將夢見星星。等到天亮時，那雙中空的眼瞳就會盈滿明亮的光芒，是能夠與太陽相互輝映的美麗。

他想著自己是否應該跟他一同浸入那樣的璀璨光芒之中，這樣起碼每一次兩人互相對望時，能夠藉由彼此眼中反射的光，去平衡那些過於黯淡的色彩。

屋內沒有了動靜，小吳也許已經睡了，或只是不想發出聲音，試圖營造出無人在夜晚清醒的情景。

他終於踏進屋內，沒有燈光，輕手輕腳繞過那張橫擋在路中央的床，回到狹小的辦公室。

辦公桌上放置的筆電還未關機，他就著螢幕發出的亮光，看清了那張壓在筆電下方的報價單。

密密麻麻的表格，每一筆都打上一串數字，一路綿延到頁面的最尾端，又接續著下一頁，彷彿永遠不會結束。他永遠都在拼湊檢閱每一筆紀錄，面對大小事務與成本，直到所有空白都被塡滿，整齊的表單因爲找不到空白的地方謄寫而變得歪曲，再也塞不進任何一點墨跡。

他終於疲倦地闔上雙眼，在辦公桌旁那張折疊床上，沉沉睡去。

□

為了參加兒子的教學觀摩，她特別向公司請了一天假，一早起來就坐在鏡子前，將嶄新的衣物穿在身上，塗上顏色鮮艷的口紅，將細長的眉毛一點點描深、加粗，迎著晨曦的白光，均勻地暈散在臉上。

她仔細而慎重地一遍遍檢查著自己映照在鏡面中的形象，以確保她看起來像是一位關心孩子，富有知識，能夠在群體裡說上一、兩句話的家長。

這並不是她第一次參加教學觀摩，但每年的這天對她來說都是既陌生，又令人興奮的日子。就像小時候她去參加校外教學的前一天，總是對即將展開的旅程有諸多想像，躺在床上翻來覆去地睡不著。

現在，她長大了，已經不再是從前那個孩子了，自然不再因為激動的心情而無法入睡，但她仍舊會在前一天夜裡見到許多浮夢與幻想。比如在那座七彩的花圃中，有著老去的她與成年的兒子，周圍盛開著她以血澆灌的花朵，他們咧開的嘴笑得如同肥碩下垂的花苞，滿載著快樂。

鮮艷的夢境盛放著，可她知道，總有一天所有顏色都會褪去，一點點化為塵埃，如同那些寄宿在井底逐漸腐朽爲爛泥的物體，失去了美麗的顏色與鮮明的形體，再也無法辨識出它是什麼。

她不知道其他人是否也在夜裡反覆作夢。夢的根系茁壯伸展，不斷地向下生長，深深刺入身體的中央，供給生命力量的心臟。

與自己分居的丈夫是否也在夜晚作夢呢？針對這個問題他們曾有過一次討論。那是個短暫雷雨的午後，丈夫凝望著外頭互相碰撞的雨珠，它們沾在透明的玻璃窗上，匯聚爲一股股的水流向下，就像是那行走於大地之上的河流的縮小版。

丈夫十分著迷於觀賞水流的活動。比起專注凝視自己這張一天天褪色、滿布塵埃的面龐，他更喜歡那種透明，帶著清亮，彷彿才剛伸展出枝枒的小苗，還有著無限可能的未來，只要看著它，就能將所有疲累與代謝的廢物都一併清除。

雨下得越大，丈夫凝視的目光就越專注。直到她忍不住將沾附在玻璃內面的水霧擦去，那舉動干擾了他觀賞的視線，兩人之間終於有了交談。

很多時候她會有點懷疑，分不清楚哪張面孔才是丈夫。就與自己妝前妝後的差距一樣，丈夫也存在著這樣細微的落差。她有時懷疑從工地回來，沉默坐在沙發上發呆與抽菸的丈夫是別人，跟婚前和自己相戀的那個人，都不是同一個人。

她的想像停在這裡。每一次當她想深入思考這個問題時，丈夫就彷彿洞察她的內心般，先一步出聲打斷，那突兀的發話對比他平日沉默的形象，更顯得有幾分刻意。

回家後的丈夫說話內容十分單調，總是先從家中現況開始切入，舉凡有沒有發生事情，孩子的成績怎麼樣，日常開銷的情況等，最後話題像是只餘一口氣的火苗，將要熄滅時，他才終於問起關於她的事情，企圖爲這即將熄滅的話題找回一些燃料。

丈夫的面孔與身材都沒有任何變化，就連聲音也與結婚前一樣，她卻在某一天清晨醒來時，看著空蕩蕩的床邊，突然對這個與自己簽屬了法律文件，許諾一起生活的男人感到陌生。

兩人的寒暄結束，爲了繼續填滿那些圍繞在兩人間的空隙，丈夫通常會繼續說話，說一些呢喃不清、墜入迷霧裡的話語。

這種話題始終會先從海開始。是那些匯聚成流的水最後歸屬的地方，也是他一直夢寐以求，想要前往的地方。

他反覆向她訴說，關於那些被海水擁抱、撫慰的想像。每當下雨時工地無法施作，他就能在那個難得的假日裡，開車前往空無一人的海邊。浪花因漲潮拍打在他臉上，綿密的雨水猶如溫暖的毛毯一樣，緊緊包裹住他。

她不喜歡下雨；但是他喜歡在雨裡的感覺，喜歡在下雨時一個人去海邊，巡查那些洶湧翻騰的海花，又帶來什麼種類的魚。

她對他這個行爲一直十分不解，不僅不了解，也不諒解。她多次警告他不准在下雨的時候海釣，並且一次次不厭其煩地播放那些釣魚被海浪捲走的影片與新聞教育他，但是那些叮嚀與新聞對丈夫起不了半點作用。

丈夫說自己的身體有著意識，渴望著海，也渴望著如那些雨水，飄蕩在整座城市中，將聲音與行人都籠罩，令熱鬧的街道蒙上一層緩慢的灰色。

她不喜歡灰色，也不喜歡下雨時褪色的斑駁景物。這些事情在結婚前，她都不知道，一直到孩子出生後，才逐漸自褪色的婚姻中浮現。

丈夫有時會在家裡待上兩、三天，有時卻隔天就離開了。一切都取決於工程的進度，以及丈夫回家的目的。

是爲了拿換洗的衣物？還是爲了見家人一面？又或者這些都不是理由，他只是厭倦了工作所在縣市的那片海，又想回到這片熟悉的海域，看看記憶中的風景是否改變。

她不理解他的想法，正如同他也不理解她的規劃一樣。

鏡子裡，她的臉就如同每次與丈夫對談時那樣，帶著一點模糊，只有嘴唇塗上的那抹鮮紅最爲明亮。她仔細看著自己精心打扮的妝容，直到無論從什麼角度觀察，都找不到一點瑕疵……她就是那盆被精心打理的盆栽，根系永遠不會超出花盆，等待著需要時，開出最得體的花朵。

她從房間中走出，孩子已經醒來，正不太流暢地穿著衣物。

「今天我們早點出門吃早餐，吃完媽媽再跟你一起進教室。」

孩子抬起頭來看了她一眼，又低下，「那今天還會有五十塊零用錢嗎？」

「早餐媽媽會付錢，你用不到錢。」

她的話語落下，那雙黑色的眼睛裡有什麼在閃爍，但成人站立的身高無法仔細看見。

離家的程序一如往常，不同的只有這一次她不會在孩子進校門的中途離開，而是跟隨在他身後，隨著遠比自己要小的步距緩緩走入校園中。孩子升上三年級後，她第一次來到這間新教室，其實與之前的教室也沒什麼不同，婆娑的樹影聚集在走廊，留下陽光通過樹葉間隙時的痕跡。

那些痕跡由坐在教室中的人看來，就像是一連串不可思議的景象，如同白日出沒的遊魂，反覆飄蕩在教室外，勾引著稚子們的好奇與恐懼，他們既害怕那些不存在形體的事物，又好奇得想衝破鐘聲的箝制，盡情探索那些無端出現的痕跡。

孩子的座位在後排的窗戶邊，能夠最近距離看見那些痕跡隨著日光舞動的情形。

她有些不滿意這樣的安排，離講台這麼遠，能夠保證他好好上課嗎？那麼矮小的身高是否能夠清晰地看見黑板呢？

她慶幸著自己排除一切困難，不惜與上司請假也要來參加教學觀摩，如果她沒有親身走這一趟，也許就不能發現這些小細節。

木製的椅子在她坐上去後發出了輕微的呢喃，連接著木頭的卡榫似乎察覺到有不屬於這間教室的人坐上木椅，頻頻向著周圍的椅子示警，要它們千萬注意是否有其餘的外來入侵者，必要時它也會犧牲自己，鬆開那些相互連結的卡榫，化爲最原始的木條模樣。可惜椅子的聲音不夠響亮，無人理會它的警告。

隨即教室中走入了另一道年輕的身影，奇異地看了她一眼。

「那是你媽媽喔？」進來的男孩這麼說著。

兒子點了點頭，似乎對這個詢問有些不安，放在桌下的手相互摩擦著，像是一隻停在食物上沉思的蒼蠅，有種靈動的錯覺。

「你媽媽很漂亮耶，對你一定也很溫柔。」男孩接續著說，一面說一面移動到兒子座位的前方。

她自椅子上站起，身爲這個空間中唯一的成年人，禮貌性地向這個孩子微笑，並詢問：「你媽媽沒有過來參加教學觀摩喔？」

男孩烏溜溜的雙眼也像是蒼蠅般靈動，彷彿隨時能看見四面八方般的動靜，不放過任何一點風吹草動。

「我媽說她今天要上班，沒有辦法來。還叫我要乖一點，不要給她丟臉。」

「那你一定很失望吧。」她說，窗外光的痕跡在此時移動到了男孩身上，將他的臉照射出一塊白亮的印子。

「不會啊，我不想要她過來。」

「為什麼？」

「如果她看見我上課的樣子，說不定又要被唸表現不好、不認眞，還不如別過來。」

「那你就要認眞一點，多加油呀！」她說，目光移向一直沒有說話的兒子。她發現兒子黑色的小眼睛正直直地黏在窗外照入的光印上，彷彿男孩被照亮的那塊肌膚有什麼不尋常的古怪，值得他如此專心致志地觀察。

這舉動果然驗證了她之前的猜測，這一區就是影響學習的座位，不光是別人家的孩子坐到這裡就無法專心，連自家的孩子也是這樣。

她審愼思索之後應該找老師談談這件事情。

坐在前方的孩子似乎察覺那塊突兀插入的光印，引發了她什麼樣的想像，於是很快又開口，企圖將先前熱絡的氣氛拉回。

「但是聿書上課都很認眞，老師常常誇獎他。所以他才不怕妳來吧。」

光印隨著他說話時的晃動在他的臉上移轉，一會兒在嘴邊，一會在眼皮上。

她發現黑溜溜的瞳孔會吸光，白色的光印移動到眼瞳後就全數消失了，凝聚爲一顆閃爍的光點，飄浮在眼珠最中央。

「眞的啊？那聿書平常上課表現怎麼樣？」

「應該很好吧。他每次考試都很高分啊。」孩子像是有些困擾地停頓了一會兒，似乎還不能理解問句中實際所夾帶的含義。

「那他跟同學相處得都好嗎？」

這個問題再度引發停頓，只是這一次任憑那個孩子歪著頭，如何想要回答，卻隔了好一陣子都沒有答案。他的眉頭與五官都擠到了一起，成了一顆酸梅，酸味剝奪了他的語言能力，沒有將這個話題延續下去。

男孩沒有回應，她不得已只能轉向自己的兒子，以妝容完美的眉眼看他。

「你跟同學相處得怎麼樣？」

依舊沒有回應。

對話短暫中斷的縫隙傳來嗡嗡聲，像是有隻蒼蠅正在周圍繞行，但她的目光四處掃射，卻沒看見隱形的蟲子，只見到那雙放在桌面下的手更加頻繁地摩擦，將原本就乾淨的皮膚蹭得滑溜反光。

「他下課比較喜歡在位子上看書，但我們還是會一起聊天。」男孩終於自酸梅恢復成人，再度接續了談話。

「他的個性比較內向，希望你們有空可以多找他玩。」她說。

嗡嗡的摩擦聲在周圍重複響著，這次不僅她聽見了，就連坐在前面的男孩也聽見了，烏黑的眼珠四處亂轉著找尋蒼蠅飛行的蹤影。然而一直到其他同學們與老師都進了教室，她也與其他家長一樣退到教室的後方，都沒有見到那隻發出巨大聲響的蒼蠅。

只有那雙越來越光潔的手，將手掌上所有指紋都擦去，最後再無法與其他手互動，因為它們從沒看過一雙沒有指紋的手。

老師進來後教學觀摩就正式開始。她必須扮演旁觀者的角色，以第三方視角觀察這一切，針對那些呈現在面前的情景判斷，而判斷標準只有需改進與可以更好。

她腦內飛速運轉著這兩種評價，當老師講課暫告一段落，她都目光緊盯著那些彷彿求救一般舉起的手，那些等待救援的手有各種姿態，從舉手的方式就可以大致了解這個孩子的個性。

手此起彼落地出現，模仿著海浪的節奏，常常是成群而起，又同時落下。只是那些踴躍求救的浪之中，始終沒有出現那一隻光滑的，失去了指紋的手掌。

他低著頭，很低地，目光落在文字密集的課本上。

老師終於注意到了那始終沉默的人，也看見了那雙始終不曾舉起，與眾不同的手。

「媽媽有在後面的同學要努力一點回答問題唷。」

如同尖刀一樣的光芒在眾人面前閃過，所有人都看見那道比窗外照進的光斑還要熾亮的光，於是他們無不凝視著光出現的方向，好奇著發出光芒的物體，究竟是什麼模樣。

窗外一朵烏雲路過，帶來了短暫的昏暗，大家也在這時看清了被光所掩蓋的東西。是一隻手，光滑如鏡面的手，高高舉起，最初時反射著窗外射入的光，亮燦了眾人的雙目。

老師的目光裡有著欣慰，持續注視著那高高舉起的手，並讓他靠近自己，以白色的粉筆在黑暗地帶寫下符號。但被打磨得平滑的指尖卻抓不住任何東西，連粉筆落下的灰，都無法附著在那過度光滑的表面。

烏雲再也沒有離開，而她現在不再擔心那些移動如靈體的光。她想也許比起那些外物侵擾的可能，她更應該注意那雙光滑，容易使人盲目，靈體般的手。

走廊風吹過樹梢發出沙沙聲響，帶來潮濕的氣味。她知道等等就要下雨，雨水會匯流成河，在透明的玻璃窗上流動，也遮蔽響遍教室的嗡嗡聲。

教學觀摩順利結束。左右的人群逐一散開，有些人順著動線直接離開，有些人依依不捨地圍繞在老師身邊，他們聒噪地說著些什麼，如同一張抓住獵物的網，將周圍隔絕起來，不讓新人加入他們捕獲的隊伍。

自己原本應該加入他們，甚至應該是那群獵人的領導者，但現在她已經沒有那種心情。她走到自己孩子身邊，烏雲帶來的陰暗遮蓋了他們的神情。

坐在前方的男孩目光緊隨著他們，口氣猶豫地說：「聿書剛剛一定是太緊張了，才會失常，他平常上課都表現得很好，眞的！」

她覺得男孩說話的聲音不大，卻像是急雨傾盆落下，令人聽不懂那些句子中的每一個字音。

兒子坐在那裡，穩穩低著頭，沒有回應任何聲響，彷彿一顆巨大的岩石，再沒有任何事物可以驚動他。她無法叫醒一塊巨石，就如她無法令徘徊在海岸垂釣的丈夫分出一點心力，關注自己與兒子一樣。

「聿書，我要回去了。」她已經明白了，在這個時空中，是沒有自己發聲的機會的。

她只能慢慢等待，像是那些沉浸在井裡的東西，承受著冰冷井水的侵蝕，等待著總有一天會出現沿繩索向下打撈的人，或許能撈出一些還保留著形體，卻褪去顏色的舊物。

現在，還不是與岩石相對的時候。

「你要好好跟同學相處喔。」她轉頭，面向那個家長沒來參加教學觀摩日的孩子，「謝謝你跟我說聿書平常的表現，有空可以來我們家玩喔。」

甚至來不及等孩子回覆，她就匆匆走出了教室。離她不遠處被圍網困住的老師也正試圖移動，一點點向外，只要離開教室，踏上通往盡頭的通道，也許就有機會擺脫這困境。

雨卻在這時不偏不倚地落了下來，將那些層層向上生長的樹冠打濕，雨水順著葉片跳躍、彈射，噴入建有屋簷的走廊。

誰也走不掉了。獵人們的外圍架起更大的網，將所有存在一網打盡，誰也別想逃離。

於是，她仿照丈夫順著雨水噴灑後匯流的方向而去，任由濕潤包圍了她的身軀，或許她將去向那片想像中的藍海，在那裡海潮的聲音會淹沒一切，連思緒也散佚在寬廣的水體之中。

□

醒來時小吳已經離開屬於他的床位。早晨的天光大亮，褪去了街道上的灰色，每棟房屋都以早安相互連結，引發連串的迴響，迴響的最後一站來到工寮，將那扇關起的大門撞開，隨之也帶來各種聲音。

人們逐漸聚集成龐大的隊伍，四處覓食。清晨天未亮就點燈的早餐店，開著發財車四處出沒的路邊小販，都成爲人群停駐的據點。

拜工程所賜，附近的流動攤販都會特別繞過街道，來到工寮附近。他們通常會拉開嗓門朝著那些還未聚集的人們對話，內容會透過工寮無法閉合的縫隙，傳入他耳中，成爲另一種白日間恆久不會消退的背景音樂。

「老闆，廠商找你喔。」

偶爾有些聲音會打破那些雜亂且零碎的音樂，直奔向他。他將原本只開啟一條縫的大門拓寬。

「王老闆，我是來送收據的。款項已經入帳了，你們什麼時候要完工，我們師傅都可以配合過來安裝。」

他尋找著剛才叫喚他的那道聲音，就看見小吳頂著一如往常的冷臉站在門前，似乎已經與前來的人說了些什麼。

今天來工地送收據的人不是他們熟悉的面孔，是一個年輕人。他手裡拿著裝有收據的信封微微向前傾，臉上汗水大滴小滴地落，活像是剛才經歷了一場暴雨，穿在身上的汗衫都浸濕了一半。

小吳沒動手去接那張收據，他也沒有。他們凝視著這張陌生的年輕面孔，深深望進那對瞳孔；黑眼珠像是泡過雨水般潤澤，閃爍著一點淺淺的粼光，像一幅秀麗的湖景畫。

「我們師傅今天沒有空來送收據，才交代我來。有什麼事情也可以跟我說，我再回去轉告他。」

他終於伸手接過信封，倒出裡面的收據，確認上面的戳印與金額都正確，再將收據放回信封中。視線對上那人時，他才猛然想起自己也許曾經看見過相似的湖景……

那是結婚的前一天，他行經在筆直的公路上，越是前進，周圍的景色就越是荒蕪。雜亂的野草如同綠色的海潮，向著灰黑色的柏油路面蔓延。於是他總是必須在因爲長時間駕駛而出現的昏昧中，聚精會神地搜索著可能出現的水域。

被掩蓋在這一片草藤之中的，那一點潮濕的氣味。不同於青草帶著一點嗆鼻的腥氣，他尋找的味道是更加沉靜的，彷彿被什麼東西包裹著，安靜腐朽與生長的氣息。

每當他聞到這樣的氣味就會將車停下，撥開阻礙自己的長草，循著鼻尖那一點若有似無的氣味而去。這段路程偶爾會令他想起兒時奔跑在小徑間的自己，總是必須小心地躲避兩旁比人還高的芒草，以防被銳利的葉片割傷。

這些偶爾在過程中回想起來的事情，大多是微不足道的小事，待他終於自叢生的草中闢出路，找到自己搜索的水域時，那些突然間浮現在腦海中的片段也如流星般隕落。

展現在他面前的是一片平靜而寬廣的水域，看來已許久不曾有人進入與使用，那些人爲製造的痕跡都已經隨著時間消滅，直到被自己重新發現。嚴格來說他其實不確定那究竟是天然形成的湖泊，又或是蓄水的人工埤塘。不過他仔細觀察了四周，除了模糊而顛倒的草影與樹影，再沒有其他。沒有禁止垂釣的公告，也沒有像地主用以阻止外人進入的圍網或柵欄。

那天，他把手機開機，沒有告訴任何人，包括他的父親、女友、同事，還有小吳，至今都沒有人知道他去了哪裡。

青綠的水面上閃動著無數顆太陽，有著彷彿能蒸乾大地的能量，而他就站在水邊，朝著水中心張望。彷彿作了一個空曠的夢，夢裡是全然安靜的顏色，連群鳥都不曾展翅或者飛翔，只有無邊的湖面，綠得像是另一片草地。

他搬了張椅子坐著，將魚線垂下，探入那閃閃發亮的水底，沒有魚的影子，他也從來不曾釣上過任何一條魚，但他沒有離開，就此反覆演練著垂釣的基本動作。

他一直不明白那時候的自己爲什麼會那樣，在一處什麼都沒有的地方，直到天色暗去，他依然就著露營燈，繼續坐在那裡釣魚。那天夜裡罕見得連蚊蟲都稀少，只有幾隻灰蛾搧著翅膀，拚了命地朝他點起的露營燈上撞。

夜露沾濕了他的衣物與臉龐，他感覺到自己的半身有些麻木，握著釣竿的手臂也痠痛不已，記不清已經多久沒有移動和變換姿勢。他甚至能夠感覺露水凝結在身上，沿著他的臉頰，滑過他的脖頸，鑽入他衣服之中。些微的冷意，從露珠滑過的地方逐漸擴散，隨著身體被滑過的地方越來越多，寒冷也終於爬升到再也無法忍耐的地步。

原來天已經亮了。自己身邊的那盞燈也早已耗盡電力失去了亮度，只留下一地撞死的飛蛾。

他試圖控制僵硬的腿腳，站起身體，抖去身上的露珠。仍然帶著一點昏暗的太陽慢慢自雲朵後甦醒，零星地散落在那片平靜的湖面上，但它已然失去了前一天的亮度，此刻湖面上有的，僅是尚未燃起，也無法熄滅的一團小小光點罷了。

一直沒聽到的鳥鳴在這時候響起，彷彿躲避著太陽一般，趁著太陽還虛弱時，出現在樹梢上，自枝頭的一端跳向另一端，高聲歌唱。

他閉上眼睛，夢已經醒了。

收拾漁具，打開手機，一天沒有動靜的手機此刻瘋狂湧出訊息，就像是怒海的波滔一樣，一波接著一波。

訊息大致分爲兩種，一種是急於尋找自己下落，好商量工事的；另一種單純只是爲了祝自己結婚快樂。而這些祝福的話語無一不是強調他即將迎接的新身分，他的人生從此不再只屬於自己；還有一小部分羨慕他完成了人生的階段任務，找到了今後的目標。

那天，他開著車，帶著釣竿趕赴高樓密集的市中心，參加自己的婚禮。釣竿死死躺在後車廂，除了塞滿輪胎縫隙的黃土，沒有留下任何足以證明自己昨日所在之處的證據。

後來的記憶已經模糊了，腦海中反覆浮現著那汪平靜的湖面，就像是這個少年的眼睛，綴著重重閃亮著的，炙熱又美麗的太陽。

「我都跟你們師傅說過了，準時進場就可以了。」

這句話令年輕的面孔得到了一絲放鬆，汗水也都隨著炎熱的天氣蒸散。他的臉上似乎浮現出笑容，帶著一點生硬的討好。

「好，那到時候我們再聯絡，我也會跟師傅一起過來。」

他說完，如同那些蒸散的水分一樣迅速消失在他們的視線中。那期間小吳一直朝著他消失的方向，不知道在觀察什麼。

終於，小吳的視線移轉到了他身上，「下星期這個案子就完工了，我這邊有個新案子，你等等有沒有空過去一趟？」

「什麼案子？」

「三層的透天裝修。」

「可以啊，你們約時間沒有？」

「他說今天有空都可以過去，你先丈量一下看怎麼樣，再跟他詳細談。」

「喔，那你顧這裡喔？」

小吳聳聳肩，「當然啊，不然有別人嗎？」

他與小吳一直站在工寮門口說話，炎熱的火焰向四周蔓延，直到將他的腹內燒灼得空虛，他才想起自己還沒有吃早餐。

「走啦，我們去吃早餐。」

他伸出去的手還沒有碰到小吳，就被對方閃身側開，面上還帶著一貫的神色，有些冷淡地點起一根菸。

「剛吃過了，我先去巡一下。你等等吃完早餐，看什麼時候過去看一下吧。」

小吳說完，揚起沾附著沙土的雙腳向前。直行的前方是隨著人員逐漸就位漸次響起各種聲音的工地，而他的目光筆直，沒有半點停頓的念頭。

他很快就明白這也許是小吳留給自己的一點點空間，讓他得以在持續性的留守中，找到一點透氣的機會。於是他再度成爲一隻遷徙的候鳥，依照指引離開工地，忍受著飢餓、長時間的飛翔、他橫越縣市之間的邊界，途經那棟需要丈量的透天，一雙銳利的鳥眼快速檢視那些飽經風霜的磚瓦與牆面，也聆聽屋主談起關於未來的想像。

每一次的對談中，他聽到最多的無疑是讓空間加大，不要有壓迫感，還有收納方便。他認為這應該是每個生活在現代的人們，或者是自己，都會有的共通困擾，過多的壓迫，總是怎麼樣都不夠用的空間，以及亂成一團難以處理的生活。

他偶爾會幻想，如果人生也可以跟裝修一樣，藉由一些巧思擠壓出更多的空間或者緩和壓迫，那該有多好？不過至今為止他都沒有尋找到平空生出空間的方法，無論是裝修，或者是人生。

就像是被外牆固定了範圍的室內圖，空間永遠都是有限制的，永遠必須留出走道予以通行；收納做得越多，留給屋主自由選擇家具的空間就越少。

與業主做完例行的討論，收集完可用情報，他必須回到工地，與同伴討論過後確定下一次飛行的日期，最好日期都能夠井然有序地排列，以確保他們每一次的旅途都是單獨往返，不會同時前往。

他飛翔的技術也隨著年復一年的鍛鍊變得更加熟練與迅速，往往結束排程後還能夠抓到一些零碎的時間，飛往那條無人前往的偏僻路徑，停駐在那些沿途的水岸。

路的盡頭連接到一片蔚藍的海岸，景色與平常去的海岸相差無幾，只有長期觀察著海岸的人才能藉由礁石的模樣，以及海水折射的顏色，分辨出彼此的細微差距。

而這處隨興抵達的海灘，就是一處陌生的風景。有著沒有見到過的岩石形狀，與潮水起落後，留下的深淺不一的潮池。

他佇立在浪潮一次次推拉的地方，水流將細沙帶離他腳下，又將它們重新覆蓋上他的腳背。

鞋襪都被海打濕，細沙順著海水流進他的鞋內，每移動一步，帶著尖角的顆粒都會陷入柔軟的皮肉中，刺痛他的足底。

雖然不知道這片海岸是否有魚，哪裡是釣點，但他還是從車上拿下釣竿，企圖在這片新的風景中，增添一筆獨自搏鬥的紀錄。

已經不記得自己是從什麼時候開始釣魚，也不明白自己究竟爲何喜歡上釣魚。好像只有在這個時刻裡，他才能感覺到身體與世界屬於自己，面前的海以及周圍的風，都因爲他行動的因果，而與自己交會。

好像只有在這種時候，魚上鉤的剎那，他深深感知自己活著，選擇的人生也如理解中的模樣，繼續前進著。

將釣竿組裝好，他步行到海水較深處，即使每波海浪打來都會將他腳下的沙粒帶走，他也在隨著浪潮浮動的細沙上穩穩站好。因爲並非計畫好的出行，他沒有活餌、也沒有那些死亡後被支解的肉塊，只有彎曲成問號的魚鉤，在陽下發出銀色的光芒。

他想了想，猛然調頭又回到車上反覆翻找，翻出一堆陳年舊物：只剩下一隻的兒童襪；妻怎麼也找不到的口紅；散落在後座，表面沾附著擦不去的灰塵的建築樣本……許久未曾整理過的車內就像座小型的倉庫與時光屋，留存著那些容易被遺忘的，生活中丟失的片段。

攪動將沉積的灰塵都揚起，他被籠罩在一片殘留的碎屑中，最後終於在雜物最深處，找到那個小吳留下，不知道模擬著什麼的鮮紅擬餌，並將它連接在釣線上。

回到選好的地點，站定、拋竿。風順著海前撲的方向行進，強勁的風將他每次向外的拋竿都送回，他一遍遍重複拋接，只爲了尋找那短暫，足以令擬餌遠揚的機會。

尼龍釣線鋪出一條閃爍的路徑，他終於見到鮮紅的物體穿入那一片青藍的平面中。

現在，所有條件都已經滿足，他只要感受釣魚線傳來的反饋，重複動作以及維持姿勢，穩定在這片漂流的土地，等待著海給予他的回饋，帶來新鮮的收穫。

要在浪花中平穩身體十分不容易，但是對早已練習過無數次的他來說，不過是微不足道的小小困難而已。

遠方的天空中總有成對的白色影子掠過，牠們有時在海面上低飛，有時張開翅膀，順著風去往遠離這片海的地方。牠們在空中有著半弧的形狀，像是笑得燦爛而瞇起的眼睛，隨之在雲影變換間，組合成一張張模糊的面孔，隨著層層相疊的雲朵逐漸清晰。

他十分仔細地凝望那些面龐，以便勾起腦中有關他們的記憶。只要穿過那段黑暗的甬道，通往儲存著過去舊物的深處，細節會如海浪一樣清晰撲來。記憶的絲線自岸邊射向最遠端的海面，連接在重重的面孔之上，帶動著凌亂的記憶搖擺，隨著浪花起舞。

起初，他以爲那是來自過去的暗示，向他展現那些鍍上金色光芒的記憶。但他很快就發現劇烈的晃蕩並非來自內心與記憶的共鳴，而是被現世的力量拉扯，掙扎的力度透過釣線震動著釣竿，傳遞到他的手上。

他猛然驚醒，鮮紅的擬餌在漂蕩之中引來了獵食者的攻擊，現在已經卡入還未見的魚嘴之中，只等捲動捲線器，將牠拖入自己的視野中，一睹牠神祕的容貌。

順著海浪起伏的頻率，放鬆或者收緊魚線，務必要最大程度地耗光那未曾謀面之物的生命，在牠無法撐下去之時，一舉將牠拉離熟悉的海域。

他縝密地執行計畫，但總會有些突如而來的意外將那些環環相扣的動作截斷，比如說他一直放在口袋裡的手機。

尖銳的鈴聲響起，他驚訝地鬆開一直緊握在手中的釣竿。僅僅一瞬間，浪潮就將魚竿吞噬，連同著那無緣看見的面孔，拖向無際的深處。

變故猝不及防，想要再追回離去的釣竿，卻已經來不及，白色的浪花淹沒一切，也預備著將一步步踏入深海的他淹沒。

不能再向前了。雖然嚮往被海包圍的感覺，但不能在這時刻就完成。那必須是一個適當的時機點，當所有人都失去對他的期待的那一天，當自己終於擁有所有個人身體支配權的那一天。

不是現在。

退出了海浪吞噬的範圍，身上的衣物如同第二層皮膚一樣緊緊黏在身上，他無法甩落它們，只能忍受著行動被阻礙的困擾，慢慢爬上乾燥的沙岸。

尖銳的電話鈴聲持續響著，他將肺葉中那口混濁的水氣吐盡，終於拿起手機看清楚了來電號碼。

「爸送醫院了，我還在上班走不開，你先過去。」

妻子的聲音急促而簡短，就像那尾曾經上鉤的魚，一切都這麼突然地，獲得與失去。

「好。」

他來不及在迅速的節奏中吐露出更多語言，也無暇顧及身上濕黏的衣物。他急匆匆回頭，向著停在路面的車走去，只求能以最快的速度趕到醫院。

引擎發動，周圍的景物閃逝，這明明是他平常見慣了的景象，這一刻卻覺得像是又回到那條通往舊時光的通道，那些過程與景色都模模糊糊，只剩下前方一點點持續放大的情景，指引著回溯的自己。他渴望在通道盡頭處，會有自己年幼時那個健壯且充滿力量的父親，微笑地等待他。

□

她帶著孩子趕到醫院時，天色已經暗下，醫院車道上的路燈亮起，車輛在路口進進出出，它們離開時的引擎聲帶著如釋重負，但也有些顯得拖磨且黏膩，彷彿此生就與醫院綁定在了一起，連滾動在路面的輪胎都凝滯。

病床前，丈夫早已守候在一旁，他們的雙眼中反射著彼此的影像，凝聚成一個小小的光點，是通往某處的通道。

體內與丈夫留有相同血緣的男人坐臥在床上，黑色的眼珠轉向踏入病房的他們，能清晰地見到出現在眼珠中央的那條道路斷絕了，使他們的影像都徒勞無功地飄浮著，找不到應該去留的地方。

她無力面對這樣的情景，心中浮現出的驚懼如同自己照養那幾盆病變的花卉時，面對突如其來的黃化與枯萎，不知該如何找回原本存在的情狀。

一直乖乖跟在她身旁的兒子鬆開了手，朝那張蒼老的面孔直奔而去，能夠清晰地聽見他口中反覆地說著。

「阿公你怎麼了？爲什麼躺在這裡？什麼時候要回家？」

丈夫主動讓過了身，將最靠近父親的位置移轉給自己兒子，同時也將目光轉投向她。

「我會把爸轉到我們家附近的醫院，這樣照顧也比較方便一點。」

入秋的夜，天氣仍十分炎熱，醫院的空調很強，出風口送出的冷風拂過她的髮梢，帶來彷彿被當頭澆下一盆涼水的觸感。

「爸的病要長期住院治療了嗎？你平常都不在家，白天誰要照顧他？」

他們交談的音量很低，就像是電器運轉時發出的低頻噪音，即使與其他人處在同樣的空間，也無法清晰聽聞話音中傳遞的消息。

孩子稚嫩的聲音不斷在病房中響起，「阿公，你今年沒跟我一起抓蟬是因爲生病嗎？那等你出院我們再一起去吧？到時候樹上一定又會有很多蟬了，我要抓得比今年還多。」

父親回應了什麼他們都聽不清楚，只有出風口傳來的運轉聲迴盪在耳邊。

「妳多少幫忙照料一下，也不是說要整天守在醫院，下班過來一趟，看看老人家就可以了。」

「那白天怎麼辦？你要讓他一個人在醫院嗎？」

「不然就請一個看護，一直到爸出院。」

「錢從哪裡來？」

他感覺肌膚與四肢在長時間的冷風吹送中凍僵，出現一條條龜裂的痕跡，彷彿有些什麼從中竄出來，漆黑地纏繞在兩人的周圍。

「聿書的課程可以先停掉一些吧？等過陣子手頭比較寬了，再繼續。」

「那怎麼可以，小孩子正是學習的時候，你這樣他以後要怎麼辦？」

「就只是一段時間而已，沒有這麼嚴重吧。」

「那是你覺得，小孩發育的黃金時間就只有這麼一小段，你耽誤了他，他以後競爭不過別人，會怎麼看我們？」

她傾盡了全力，吐出最激烈的言語。那些言語像是一顆顆泡泡，飄浮在他們四周旋即炸開，圓形的薄膜消失時發出巨大的啵聲，衝擊作用在他們身上，有好一陣子，他們都被震得發麻，身體無法動彈。

他畢竟是在工地走動的，身上長有較堅硬厚實的骨骼與肌肉，在衝擊之中首先恢復，以一種膽怯、殘存者的姿態發言。

「我會再想辦法，先請看護來吧。」

她緊抿著嘴唇不說話，感覺自己的臟腑都被震動，仍沉靜在剛才的衝擊之中。

這時卻有另一道代替他們說話了。

「阿公，我這幾天都在這裡陪你好不好？」

身爲母親的天性令她顧不得身上的震顫，很快到床前拉開了孩子。

「你在說什麼？怎麼可以不去學校上課。」

老人長滿皺紋的臉看著她，神情有些呆滯。原本對稱生長在面頰上的皺紋，微微地歪斜，深褐色如同枯枝般的手臂打顫，攀上了她抓住孩子的手掌。

老人發出的聲音十分陌生，每一個字都夾雜在含糊不清的混沌中，像是空間突然產生了歪斜，竟讓她無法聽清他到底說了些什麼。

看到妻子震驚的神色，他不動聲色地圍到病床前，以稍微有些大的音量說：「爸，我們等等要回去了，你一個人先在這裡好不好？」

老人發皺的眼皮鬆鬆垮下，慢慢地點了點頭。揮舞著那截露出在棉被外的手，輕輕地揮了揮。像是孩子曾經看過，那生長在田埂旁的綠樹，迎風擺動。

「爸是什麼病？怎麼會這樣？」

說話間，他們拉著孩子向出口移動。

踏出醫院的瞬間他感覺自己好像從某個異空間回到了現實，剛剛那一切發生的記憶已隨著空間跳躍，全數被扭曲成了不可見的圖像。

「中風，被發現得太晚，醫生說預後很不樂觀。」

孩子聽見了父母的竊竊私語，仰頭看向他們，「什麼是中風？預後又是什麼？阿公什麼時候可以出院？」

大大的眼睛因爲冷風長時吹拂而變得乾燥，表面滿布著細小如蛛網的裂紋，使看出去的世界也如同那些紋痕一樣，分裂爲一塊塊的細小單位。在最靠近單位顯現的，只有母親放大了的容貌。

「聿書乖，這些事情爸媽會處理，你不用擔心這麼多。」

他的目光停留在那半彎著的身軀，看著她胸前豐滿突起的乳房，顯現著她身爲女性的身分，那樣巨大的生理差距註定他們兩人所扮演的角色不能相同，必須如同外貌一樣清晰地區分出彼此。

兒子收到來自母親的回答，乖順地點了點頭，那對被蜘蛛網纏繞的雙眼來到他身上。他似乎能見到自己的身影在那對漆黑的鏡面中被切碎，成爲一塊塊，軀幹與頭分開，嘴巴與面龐脫離。

「那我可以天天來陪阿公嗎？」

他沒有說話，嘗試性地伸手去撫摸孩子的頭，並專注地觀察著漆黑的鏡面中自己的形狀。四散分離的肢體隨著動作進一步裂解，逐漸連完整的軀幹與四肢都拼湊不全，支離破碎的面孔也不再具有任何辨識度。

鏡面中沒有自己了。只剩下點點碎屑的亮光閃爍著，像是天空稀疏的星子。

她牽著孩子的手，終於走出院區，一路出現在他們兩旁的樹幹被馬路取代，只剩下偶有來車時，大燈照亮路面的光，那是一種銀灰中帶黃的色澤，光線順過他們身旁時就如同水流，淺淺地潑濺在身上。

「你們在這裡等一下，我去把車開過來。」

他奔跑著，與那些駛向自己的來車方向相反，車燈的亮度偶爾會令他睜不開眼，但他仍舊摸黑向前奔走。

雙腳越跑越快，逐漸在夜色中騰飛而起，他感覺到星星從自己身邊劃過，那些隱匿起來的雲朵柔柔輕撫他的臉頰。他腳下的路消失了，取而代之的是沒有邊際的天空，沒有路標，也無法確定方向，即使不斷向前，也不會到達盡頭。

如果一直在天空飛翔，自己將能去到任何地方。無論是學校與家的距離，又或者是工地往返醫院的距離，在高空中看起來都是這麼渺小，就連居住的島嶼都成了一粒青綠色的小點，突出在一片蔚藍海水上。

他很快發現容身的島嶼變得太小，小得不夠他看清楚妻兒的面貌，也無法見到與自己一起待在工地，小吳那張冷硬的臉龐。

奔馳的腳步爲此漸漸地慢了下來，於是上升的高度也漸漸降低，與那些圍繞著他的星辰與雲朵道別，他又回到了地面，站立在街燈光照之處，那台老舊的汽車前。

雨滴灑滿車身，才發現今天原來下過雨，在自己進入醫院後，在他專注地等待檢查結果時，屋外下過一場傾盆大雨，水流會將砂礫搬運至大海，也會阻礙工地的施作進度。

他站在車子前撥通小吳的電話，大略向對方說明完事情經過，並了解施工的狀況後，才準備掛上電話，然而從來不願意多說話的小吳卻反常地打斷了他。

「你如果有需要跟我説，我這邊還有現金，可以先救急。」

他花了一陣子才反應過來，小吳口中的「需要」、「救急」指的是什麼。他回想起爲了墊付工程款幾乎見底的帳戶，以及妻子知道後可能出現的神情。

……那一定是一張，與小吳有著部分雷同，卻又帶著一些不平與壓抑的面孔。

「沒事啦，有事情的話一定會跟你說。」可是這些閃逝在腦海中的未來，他都無法吐露。在既有的規則中，這些都不是屬於他這樣身分、性別的人可以輕易說出的話語，就像是這些連綿不斷的道路，即使長得一眼看不見盡頭，卻終究有著既定的方向。

汽車順著道路向前，逐漸接近了妻小停留的地方，每靠近一些，就能看見他們在路邊的身影變得清晰，那些細小的動作與神情也都進入他眼中。

他車子的大燈如同其他順向駛來的車一樣，照在了他們臉上，將他們的臉龐照亮。強烈的燈光在臉上留下陰影，過度的對比將兩人的面孔變得陌生，有那麼一瞬間，他覺得兩人好像變成了自己不認識的人，或者是生物，他們黑色的瞳孔凝視著自己，像是正等待著光線消失的那一刻，一擁而上，將自己的身軀與意識都吞沒。

車門被打開的那一瞬，黑暗包圍了自己，照亮前方的燈光無法透入車內，籠罩著他的光線全數消失，自己再也無法阻止任何事情展開。

也就是那一瞬間，就在他思緒混亂的一秒，她與孩子都坐上後座，隔著微微反光的後照鏡看著他。

「你還是要回工地嗎？」

她打開後座那盞小燈，柔和的光線再度照亮她的臉龐。燈下她的長相與平日並沒有多大區別，只是亮起的光線將她的輪廓暈染得發白。

「我先安排好轉院跟看護的事，之後還是要過去。」

她沒有回應他的話語，車駛過隧道，將暈染的輪廓掩蓋。他依稀見到她的雙手輕撫著孩子的頭，那小小的身軀蜷曲在後座的椅子上，頭靠在她身上睡著了。

車內傳來孩子沉重的呼吸聲，聲音像是有條蛞蝓爬行在鼻道中，帶著一點濕黏的感覺，低低地在鼻腔內共鳴。

「聿書好像有點感冒，不適合再到醫院去，這段時間不帶他過來了。」

他駕駛的車子仍在往前行駛，轉過一個大彎後，終於停在了家門口。

「好，我再跟爸說。」

她下車走入了屋內。留下沉睡的孩子仍然留在後座，靜靜地躺著，胸口規律起伏。

看著那嬌小卻強而有力起伏的胸膛，他想起了父親在昏迷後被送入醫院時的樣貌。在他印象中厚實的胸膛，成爲丘陵起伏的土地，嶙峋的骨骼上包覆著鬆弛的肌理，像是失去了生氣的荒地，幾乎無法見到它活動的起伏。

他站在那裡觀察了片刻，彎腰將後座裡的小小身軀抱起。小小的腦袋緊貼在他胸膛，也許能透過衣物聽見有力且沉穩，鼓動在胸膛的跳動聲，然而那樣的聲音終究會被歲月調降，逐漸緩慢下來，直到成爲一片死白的極地，那是所有生命無法避免的終點；而即使到現在，他仍不知道該怎麼面對這一切。

不知何時懷中的他張開了一對貓頭鷹般的眼睛，在暗夜裡發光。

「爸爸明天也會去醫院看阿公嗎？」這細小的聲音只足以蓋過他的心跳聲，無法再向更遠的夜色傳遞。

「嗯。我會去看阿公喔。」

「只有我不能去嗎？」兒子伸手揉了揉眼睛，像是仍然睏倦著。卻暴露了在剛剛那段路途中，他並沒有睡著。只是掩藏起了存在，讓他們在那一剎那都忘記了自己，忘記了那如夜裡的貓頭鷹般圓亮的眼。

「嗯，你感冒了，去醫院會把病菌帶給阿公。」

「那我感冒好了就能去嗎？」

「等你感冒好了再說。」

兒子沉默了一會兒，有些不情願地說：「我沒有感冒。」

「你媽說你感冒了。」他立刻指證，帶著一種因為鮮少回家而建立起的父親威嚴。

兒子果然不再說話，渾圓的臉蛋也低下了，看不見在夜裡發光的眼睛，天空的星星彷佛也受到指引而隱沒。

「你很想去看阿公嗎？」依附在他臂彎中的重量還很輕，與偶爾幫忙搬運的建材還有家具不同，只有他一人也能夠輕鬆提起；他難以想像這樣的體重在未來能夠茁壯到與自己相仿，成為另一個家庭的支撐。

「嗯，我想『一直』去看阿公。」

他無法解讀這句話語中真正的意涵。他猜測這也許是孩子對於「一直」這個詞彙的美麗想像，也或者象徵了對阿公的愛……

那自己在孩子心中也有這麼高的地位嗎?他不知道。

家門就在眼前，他抱著他，穿過那條被先行打開的走道，走道的另一端亮著如晝的白光，然而他卻在跨過門檻的那一步前停下。

柔軟且稚嫩的手抓著他胸前的衣物，從屋內透出的光照亮他們的身影，也同時驅離在黑夜中活動，睜著圓亮雙眼，注視著一切的貓頭鷹。

「他出院後還可以帶我去『那裡』嗎？」

「那裡？」他依舊不明白兒子口中的話語，暗自揣測著這也許就是孩子與大人的差異，是屬於年齡、時代、環境的全方位差異。

「嗯，就是能抓到很多蟬的地方。」

直到這句話，他才覺得自己應該能理解對方口中所說的那些事情。來自妻的轉述，老師總是誇獎孩子想像力豐富，編造一些稀奇古怪的故事與同學們說。其中兒子最常說的，是關於「蟬」的故事。

而這些他都是從妻口中聽來的。事實上回想自己待在家裡的那些時候，從來不曾見到這孩子表現出什麼特殊的地方，與認知中一般的小孩無異。

可那些關於「蟬」的故事是怎麼樣的呢？妻也不知道，無法再轉述給自己。

「等阿公康復了，再陪你去抓蟬。這幾天你讓他安心休息，好嗎？」

他們站在門口的身影引來了屋內的她，彷彿一隻蟄伏在巢穴的蟻獅，從屋內深邃曲折的房間中竄出，一把抓住了他懷中的孩子。

「他該睡覺了。」

他跟著被箝獲住的孩子，來到位在屋內最深處的房間。將孩子擺放在那張專屬於對方的小床，那裡如同被挖掘得鬆軟的沙床，一旦鬆開手，小小的身軀就會陷入，任由棉被將他吞噬。

她甚至沒有檢查孩子的雙眼是否仍是張開的，就關上房間的燈，逕自走回屬於他們的臥室。

只有他停在原地，不知道是否應該離開。該跟上妻子的腳步嗎？還是再多陪兒子一下，以挽救那過於陌生的父子關係？

蓋上的棉被被拉高了，晦暗的光線中再也看不見一點兒子的身形。從頭到腳都被包覆在了那些柔軟又花俏的布料之中。

他打開了兒子房間的夜燈，回到主臥室，見到她背對門口睡在內側的樣貌。

「爸的事情這樣安排，我知道是辛苦妳了。但是我真的沒有其他辦法，最近工程要收尾了，我必須去盯著。」他坐在床邊，即使敘述的語句零碎，但仍是盡了最大的努力想要向她傾訴，那些他所經歷的時光與困境。

但是側躺著的她並沒有給予他任何回應。她的姿態還是一如他進房前那樣，像是回到母親子宮那樣安穩且平靜地蜷縮著，將她的胸口與臉頰都埋藏起來，不洩露一點吐息的聲音。

於是沒有等到回應的話語在房裡空落落地迴盪。最後他也只能選擇背對她的身體躺下，模仿她安逸的姿勢，企圖與她獲得同樣的情感，安穩地入睡。

床墊隨著他的重量下陷，他感覺自己正慢慢墜落……到那深邃的底部，被溫暖的海水包圍，緊緊地擁抱……

他的一切都在其中溶解，痛苦、悲傷、不滿、壓力……以及那些心願與渴望。

寂靜的海潮之聲，終於再度響起在他耳邊。

帶著一種苦鹹的氣味。

第三章

向生之雨

春天時那些枯黃著匍匐在地面的草木開始抽芽，幼綠的苗從乾枯的莖幹上長出，纖細的綠意如最先升起的曙光隱隱而動，逐漸壯大成一片褐黃色彩中最醒目的存在。

後來他才發現原來那些枯黃的草莖們是相連的。成群結隊地生長，將莖與莖、根與根相互勾連，形成一大片茂密的草地。那些新抽的嫩綠草木連結著地下相連的根，在那片被占領了的土地上茁壯，將它們再生的草莖挺起，努力穿過那些阻擋住陽光的陳舊葉片，使自己暴露在陽光之下。

他總是喜歡坐在那片草地上，由乾草鋪成的墊子帶著一點刺癢的感覺，柔軟的草枝因他的重量而彎折，尖銳的前端偶爾會透過布料纖維的縫隙，陷入他的臀肉中。

「小武啊，你在這裡做什麼？」

當他坐在這個專屬座位時，父親都會前來詢問他。

他每次坐在這裡時，總是將雙眼鎖定在青藍色的天空上，看著來回變換的雲彩。它們有時是一艘宏偉的大船，有時是一隻恐怖的怪獸，更多時候他覺得那些雲彩像是一個訊息，帶來豐沛水氣，在傾盆降下的雨水之中，那些度過冬季休眠的植株，都會恣意地生長起來，將整座山丘圍繞在一片鮮艷的綠色中。

他最喜歡的就是蹲在那些雨後才冒出頭的小蘑菇前，看著它們白色的身體迎著落下的雨水，奮力撐開傘一樣的菌蓋，即使春雨仍帶著冰冷的氣息，將他打得全身濕透，水順著他的鼻尖與身體帶走肌膚上的溫度，帶來刺骨的寒冷，他也總是站在那裡，穩穩的，像是另一座小山。

他也喜歡進山採摘那些鮮艷的花朵，以及雨後出沒的昆蟲與動物。他會將它們統一蒐集在自己的藏寶箱裡，箱子被藏匿在那片枯黃的草葉之中，等待著自己為它添加進新的珍寶。

曾經瘋長卻凋萎的草莖擅於掩蓋箱子的色彩。自山林間捕抓到的青蛙與小蟲也會在下一次雨天時自箱子裡離開。每一次當他掀開長草，翻挖出那個存放在深處的祕密箱子，裡面剩下的就只有那些失去養分後而逐漸腐爛為液體的花朵。

他會一直站在原地看著那已然看不出形狀的物體，直到曾經腦海中對這物體的印象都被取代。然後他會回到那座山丘，再一次為寶箱捕抓來各種稀奇美麗的東西。

幾次的反覆後，他終於理解；那些稀奇與美麗，從來無法長存在於寶箱之中。每當他試圖揭開箱內的祕密時，它們就都會從那個窺探的縫隙中消失。

自那之後，他不再打開那個封藏著美麗的寶箱。

□

做完例行健康檢測，護士們拿著最新的數據紀錄離去。病房內只剩下他們兩人。

一濁一清的目光交接，他們都清晰看見了歲月留在對方身上的痕跡。

其實彼此早就知道這個事實，只是過了某一個年歲後他們都決定絕口不提，讓這個悄悄發生的事件逐漸塵封進彼此的寶箱，成爲祕密。

只要箱子不打開，那一切都還是美好愉快的。

王武雄對這件事情可謂有深刻的認知。所以這麼多年他總是避免觸動兩人間的不同與變化。

然而如今他透過模糊的雙眼看去，兒子的臉已經成爲一個平面的色塊。他甚至無法看清，那兩顆鑲嵌在臉上的漆黑眼珠正流轉出怎麼樣的光芒，以及那反射著周圍景物的雙眼之中，映照出自己怎樣的姿態。

是否仍保留著夢境中稚嫩的臉龐和健壯的身軀呢？還是已經如同長久塵封的祕密，自縫隙中洩露出變質的氣味。

他艱難地挪動肢體。與從前不同，如今這個動作帶來的是無盡的疲憊與空虛，他幾乎感覺不到手腳移動的觸感，也無法確切地感知到每一吋肌肉的張弛。也許此刻那些連結在身體上的東西更像是某種屠宰過後的肉塊，它們的生命只等待著被消耗與分解，不再具備任何有關自身的意識。

輕微的動作引起了對方的注意。從他混濁的視野看去，比自己要年輕的臉龐應該是困惑地皺起了眉頭，他不清楚，因爲就連那一道黑色的眉痕，都是暈染且隱約的。

「爸，我想說請個看護來照顧你，好嗎？」

王武雄沒有說話，也許是不能。黏著在他身體的肉塊太沉重，像是墜到山谷的大石，僅僅抬起一根手指，都必須耗費他積存已久的氣力。

他也不確定自己聽見了什麼，有許多聲音自四面八方湧入耳膜中，它們相互交疊卻又平行，像是從各個不同的時空穿梭而來。

他老化且混濁的雙眼被一層薄薄的膜包覆住，無法表達出那些潛藏在其中的情感或想法。但他還是從那些模糊且斑駁的色塊中感覺到熱切的注視，帶有某種必要的急切性，固執地等待著自己。

蒼老的頭顱因此微微地前傾，就像是將睡而未睡前的那種矇矓，如果不仔細觀察，就無法察覺。

「我現在請看護過來。」

但兒子確實捕抓到了。於一剎那將墜入夢鄉的前夕，王武雄視野中倒映的斑塊四處飛散，亂數排列，將那僅有的熟悉與眞實全數掩蓋。

他感覺自己似乎懸浮在雲端之上，兒子的臉龐成爲了雲影與日陽，醫院潔白的牆面是那些凝結落下的冰晶，一層層堆疊，透著絲絲寒氣。

冰雪旋起的牆外忽然又走進了一道影子，淺淺的顏色，疲憊的視網膜已經分不出來這些色塊具體的名字，就只能成爲雜亂且無意義的刺激訊號。

「是照顧這位阿公嗎？」

聲音從遙遠的時空傳來，帶著長久奔波而疲軟的勞累，是無法令他理解的聲調。不過卽使是這難以辨認的模糊語音，卻仍有著另一道與之共震的頻率。

「我在外縣市工作，只要有空就會過來，我太太下班也會過來，平常就麻煩妳了。」

又是另一道完全陌生的聲音傳來，那是他翻找了所有記憶，從沒聽過的聲音。帶著女性柔和的語調，每一個咬字卻奇妙得偏斜，比他媳婦要來得年輕。

「沒有問題，我之前也有照顧過一個阿嬤，很有經驗了。」

「那就交給妳了。」

兩道聲音分別佔據了他的左右耳道，就以自己的肉身作爲分水嶺，遙遙交談起來。他撥開那些盤旋在眼前的冰晶與雲影，試圖看清自己究竟身在何方，四周又是怎麼樣一個奇妙的狀態。

終於，他模糊的視野裂開一條嶄亮的縫，自那乍臨的光中，出現的是失去了形體，化爲一團的暗色團塊。它們有著深淺不一的色彩，與不規則的形體，在最靠近自己的位置，團塊拼湊起類人的形體；但他知道那僅僅是形體而已。

「阿公我是之後要來照顧你的人喔，我叫阿梅。」

他總算聽清了這句話，卻無法理解這個場景代表的情況。他將雙眼轉向站在窗邊，與背景的差異顯得比剛才要清晰的兒子。

周遭鬍碴叢生的嘴唇想要張開，說些什麼。卻發現此刻連控制雙唇都成了那麼困難的事情，那不知從何而來的力量牽扯著他的嘴角向下，像墜落斷崖，無法阻止與挽回。

「阿公是中風嘛，還有沒有其他疾病？平常有什麼習慣嗎？」

他最終沒有傳遞出任何聲音。這個失去形狀的世界似乎也不再期待他的語言。他們相望著彼此，面對面將臉孔極限地拉伸，似乎要交接在一塊，竊竊私語。

「有預期阿公會住多久嗎？」

「醫生說觀察一陣子，沒問題就可以回家照顧。」

他感到無比疲累。再微小的反抗似乎都會抽光他的力氣。

光亮與黑暗同時消亡，那些色塊融合壓縮成最極致的小點，慢慢地潛入腦海之中……開展出另一個不同於以往與現在的，新的時空。

□

他一直比同班的孩子們更黑，假若走在夜色裡，他毫不懷疑自己會融化在黑暗之中，沒有人可以破除他的僞裝，找尋到他的位置。

於是為免他融入黑夜，母親總是緊緊牽著他的手。母親的手纖柔白皙，雖然掌心布滿大大小小勞作的粗繭，卻毫不影響母親雙手的美麗。在他的心中，母親的手是最漂亮的。

那個與母親牽著手，走在將要入夜而亮起的路燈下的自己，髮絲中有著陽光的氣息，蓬鬆的，如同夏日被曝曬枯死的黃草，附著在身上的保護色偶爾會因爲衣物的遮擋，而不那麼均勻，露出一塊淺一塊深的印痕，看來像是某種蛇類腹部的紋路。

而母親每回去田裡工作都會戴著袖套與斗笠，視情況也會戴上手套，所以她的膚色永遠都這麼白，搭配那些碎花布料，襯托得整個人都鮮艷起來。

很久以前的母親，鮮艷的母親，膚色總是比周遭要淺的母親，像是隔壁開的鳳梨花那樣，紅焰般的頂端，讓人一目了然的美麗。

但卽使那樣美麗且鮮艷的母親緊緊牽住他的手，也依然不能阻止黑暗由毛孔滲入他的軀體，將他一點點吞噬。最後只剩下母親一人仍留在那，孤伶伶地站在燈下，瑩白的皮膚散發著淺淺的光華。

循著黑暗被燈光驅離的腳步，母親的影子逐漸消失在了視野之中，與那條通往老家的長長巷弄一同消解。

站在空無一物之處的自己，手腳筆直且修長，是一副將骨骼都展開，大人的模樣。只是那對眼睛裡還閃著光，就像是每次打開那埋藏在路邊的百寶箱時，期盼並渴望一切的神情。

那個頭上戴著草帽的他，腳下與褐黑色的土壤同化，從那之上逐漸生長出綠油油的稻葉，一株株拔地而起，鋪開成一片水田。風來時，它們群起向著同一邊傾倒，莖幹彎得很低，幾乎就要折斷。隨即黑暗一點點閃爍，化成灰白的顏色，連站在水田中央的王武雄，身上都沾著一點點黯淡的灰白色。

他猛然驚覺是天陰了，大顆的雨珠傾盆地落，將稻稈打彎，也將他戴著草帽的身影刷白。遠邊閃爍的雷電映照在他眼中一明一滅，隨著稻浪的起伏搖擺。

密集的雲海中走來一人。她黑色的長髮在風中飄飛著，張狂舞動。那人的面目已然被雨水沖散模糊，只剩下一雙與母親同樣白皙的手，瑩瑩地在雨中發著柔美的光。

他知道那不是母親。那是另一個對自己無比重要的人，但是被雨聲干擾的腦子卻想不起那個縈繞在口中無數遍的字音。

風雨中的人與自己似乎有著相同的感應。於是他無數次張開嘴，渴望將自己的困惑與心聲都叫喊出來，然而風始終夾帶著雨灌入他的咽喉，將聲音統統淹堵在其中，無法傳遞給那個站在遠方，柔美且甜靜的女性。

冷雨都沾在自己身上，帶著濕黏腥鹹的氣味。他回過頭，往後退，退出雨珠擊打的範圍，任由黑暗如寧靜的深海一樣，將自己吞沒。

然而潮濕與黏膩敢並沒有消退，反而與黑暗一同，像怪物般緊緊地纏繞裹覆上來。他終於發現，被纏緊的自己與那個黝黑肌膚的男孩，還有佇立在風雨中的男人，始終都躺在這一片黑夜的正中心。而他們就是黑暗中唯一發光的月亮，曾經照亮他們的人都已然離去，空曠的空間中，什麼都沒有，只存在他與自己……

「放我出去！我想要出去！我不願意在這裡！」

在他呼喊的方向，一隻青綠色的雄蟬嗡嗡地飛來。微弱的光成爲了他眼中的流星。

輕輕地……輕輕地……飄落。

知了的叫聲，成爲了他話語的回音，如此迴環往復，相互應和著彼此。

「我想回去，回到屬於我的地方，那片田地，還有充滿了蟬的山路……」

□

「阿公今天的狀態不太好，神智有點不清楚。而且醫生說他年紀大了，心臟不太好，還有點肺炎的症狀。」

「醫生的意思是要問家屬，是不是要簽放棄急救同意書。」

「對，那個同意書一定要家屬來醫院簽，我沒有辦法代簽。太太說要問你，她沒有辦法簽這個。」

「對，要麻煩你找時間過來一趟。」

「那等你過來再說。對了，阿公的尿布要不夠了，之前太太過來忘記帶了。」

「好，那就先這樣。」

他聽見了淅瀝瀝的雨聲，由小轉大，打得玻璃叮叮地響，像是他在某種宗教儀中聽見過的鐘聲與鈴聲，清脆響亮，聲音能夠藉由濕潤的空氣遠遠地傳遞出去。

「阿公，我們等等要檢查喔，我先把你扶起來喔。」

王武雄不曾聽過如此的聲音。帶著一點哄騙，就像是成人與孩童說話一樣，卻又多了些什麼，有著某種階級不對等的小心。

雖然他聽不清楚，也無法理解這道奇異的聲音向自己傳遞的是什麼。但他隱約感覺出自己的手腳都彷彿懸浮在了空中，並被莫名的力量向下拉。他想那些可能是冥界伸出的鬼手，著急附身在路過的人身上，要藉那些有形的肉體，還魂人間。

他不由得恐懼起來，難怪祂要以那樣奇異的聲音哄騙自己，讓自己卸下心防，自己絕不能坐以待斃，即使周圍一片黑暗，令他無法看鬼魅所在的方向，他還是奮力揮舞著手腳，企圖掙脫那些來自幽冥的附身。

「阿公，你不要這樣，我們要去檢查，才能把病治好呀。」

聲音持續、四肢無比沉重，興許已經堅持不了多久，但他還是覺得自己必須奮戰到最後一秒，爲了還等待著自己的農田、草木、天空，與想不起的那張面孔。

黑暗的視野一瞬亮起，鮮艷的綠色如傘一樣乍然迸開，然後在他面前一片片碎開。那些並不是單純的色塊與傘，而是由青蛙與夏蟬組成的群體，牠們群聚爲一體出現，立刻又將面臨分散與離別，各自向著希冀的方向而去。

動物們吵雜的鳴叫蓋過了清脆的聲音，他頓時感到一陣平靜與舒適，在那些艷綠完全退去的最後，黑夜中出現了一個孩子的背影，像是小時的自己，又像是尚未長大的兒子，也或許更可能，是他那個熱愛蒐集與追尋，總是將採集箱塞滿的孫子。

「阿公忍耐一下喔，這個檢查會有一點點不舒服。」

男孩轉過了身，模糊的面孔是一塊瑩白的橢圓形，他將手中的青蛙遞向自己，隨即青蛙跳出手掌撲向自己……那一剎那，綠色的身體突然膨脹，將修長的四肢折疊，成爲翅脈的輪廓，烏黑明亮的眼睛變成兩顆巨大的複眼，震動著翅膀發出嗡嗡聲，越過了自己，向著更深更遠的黑暗中飛去。

那是一隻蟬，又或者是青蛙，他已經不明白了。握著牠的男孩衝自己笑，瑩白中的一線嘴角微微勾起。離去的蟬鑿開了夜，帶來了光，閃爍動人，卻也包含著無法傾吐，火燒般的疼痛。

「啊……啊啊……」

四周是無聲的。只有照亮的範圍響起一聲聲光落地的聲音。那是他第一次聽見光的鳴叫，像是機器固定響起的頻率，又像是樂譜中帶著驚愕的顫音。

「阿公，你不要亂動，就快好了，再忍耐一下。」

他想逃離這裡，逃離這片光照的所在。那是他第一次如此深刻地期望避開陽光，讓自己成爲陰雨中的菌類，他會被包圍在溫暖的水中，在濕潤沉膩的空氣中釋放出自己新鮮的孢子。那片山坡、林地、農田與小徑，是他熟悉的地方，飄揚著他釋出並繁衍的氣息。

「阿公好棒喔，檢查已經做完了，我們現在回病房喔。」

他忘記雨聲停止的時間，這陣不知何時響起亦不知何時結束的雨，擁有著幽魂神出鬼沒的型態，以那些密集慘白的手，折斷了他應該通往的道路。

那一彎通往穹頂雲彩散開處的七彩橋梯。

而他這才後知後覺地發現，光照的雨後沒有出現過彩虹。

□

第一道陽光照射在他身上起先是一種細微的、彷彿被微風吹撫的觸感，緊接著白炙的溫度穿透皮膚滲入肌理，擴散至深處的骨骼，沿著那與光同樣潔白的通道，下潛進他的夢中，綻放出一朵美麗的白花。

他時常盯著那一朵白花，觀察著花的形體與色彩，以及隔世的記憶，包含了那些他再也無法碰觸，也無法表述的。

紛亂的影像與聲音自花蕊的中央放射而出，像是一個迷你的喇叭，成為他本該靜謐的雙耳中，唯一的聲音來源。

「阿公今天有比較好一點喔！」

「阿公你看，誰來看你了？你要不要張開眼睛看一下啊？」

「你看阿公最近都很乖耶，你跟他這樣說，他就會動一動他的手指。」

「阿公！你兒子跟孫子都來了喔！」

聲音，無數的聲音；安靜的、雀躍的、低沉的、高亢的……有聲音，是月夜出現的密集游魚趨光，將本就混亂的海攪動得嘩啦作響，彷彿掀起大浪。浪花中出現了披著皮囊上岸的精怪，身上覆蓋著漆黑的長毛，咧開的嘴不時蠕動，勾著似笑似哭的神情。

「啊啊……啊啊……」

怪物發出淒厲枯啞的叫聲。穿透天空，穿透大海，也穿透他們的耳膜。

「阿公有時候會這樣啦……」

「阿公、阿公，你醒醒，看清楚是你兒子來看你了！他們是你最親的人耶！」

精怪舉起的雙手能召喚雷雨，斗大的雨珠紛紛擊打在他的頭腦、四肢、軀幹上。模糊又輕細的力道使王武雄感到片刻的茫然，自己好像身處於這交雜著各種風景的地方，又像那朵只活在一吋黑暗之中的小花。發著光，孱弱的，隨時都有可能因爲風雨而熄滅。

「之前我過來的時候他也是這樣，他已經很久沒有清醒地跟我對話了……」

「有時候在醫院躺太久，會搞不清楚自己現在是在作夢還是清醒的。」

他模模糊糊地聽到說話聲，自那朵小花，那隻怪獸與那片海中傳來。聲音掩蓋在海浪與雨聲之中，使他無法聽清那些音節排列出的語句，究竟是邪祟呼喚著自己，要將他拖進深海裡，還是那朵搖曳的小花正對自己絮語，說著那些明媚的風光、燦爛的情景，還有圍繞在自己身邊那些熟悉的面孔。

「沒有關係啦，等阿公之後比較清醒，譫妄的症狀會漸漸改善。」

「嗯。聿書過來，看看阿公。」

滂沱的雷雨持續，等不及凝結成厚重的雲層就落下，夾雜在冰涼的雨珠之中，綿軟的觸感一片片飄落在臉頰與額頭，覆蓋上肌膚後帶著微微的溫熱，替他擋去了斗大的雨珠。

那樣的感覺十分熟悉，自己曾經無數次的觸碰過這樣的觸感，即使因雨水麻木的肌膚已經遲鈍，但他仍是從心底的最深處，以及那已然渾沌如一鍋濃湯的意識深處，感覺到了熟悉與感動。

落在頭上的雲氣彷彿不是雷雨的同伴，而是帶領自己脫離這場困境，回去兒時再看一看，在那些菌菇成群冒出前，那個手腳完好，佇立在樹下的男孩。

流經眼角的雨水忍不住蜿蜒而下，那修長的四肢與身軀在一剎那縮小、蜷曲。成爲小小的，咖啡色的蛹，包裹在厚重的硬殼之中，終於連最後的光線都失去，也沒有了雨聲。

是怪物吃掉了他嗎？還是那些雷雨終究鏽蝕了他的身軀，隨著無數次放任的行動，反向的因果終於堆積到巔峰，將一切剝奪。

厚厚的殼包裹了他。在這裡沒有五感，也沒有天地的界線。他看不見光的軌跡，也無法察覺邊界的存續。那是一個無疆的牢籠，而困住他的，就是這具還等待著蛹化的身體。

所有一切都停下了。只有他如蜉蝣飄蕩的思緒瀰漫，探索著蛹，也期盼著時間……因爲他總是懷抱希望，相信這些短暫的靜止，終有一天會結束。屆時這具厚重的蛹殼會破開，露出羽化新生的自己，與那對美麗且自由的透明蟬翼。

「爸，你要加油！堅持下去！」

「阿公，我們說好暑假還要一起玩的！」

他彷彿聽見了夏日的蟬鳴。那是他期盼的模樣，隱匿在繁茂的綠葉之中，巨大的複眼反射著進入的影像與光線，躲避那持網站在樹前的孩童。

重重的影子，每一道都有著他最熟悉的樣貌。

□

滋潤大地的降雨止息，明亮且溫暖的太陽也隱去，殘存下來的只有四處燃燒的火焰。沸騰的岩漿灌流遍土地，黏附在骨髓與臟腑之上。火紅的岩漿，火紅遍野。

陸橋被架在天空之上，成爲另一條透明而奔流的通道，負責載運那些足以冷卻岩漿，熄滅火光的液體，讓它們如浪般波波湧入。

然而他已經感受不到水花降落在土地上時的欣慰與感動，他眼底還是因爲過多通路連接，溢滲出透明的破片。

他想起過往無數的畫面裡，自己一次次彎下腰，不厭其煩地撫弄過那些鮮嫩的綠葉與金黃的稻穗，充滿生意的植株向著蔚藍的天伸展。

只有那些病弱，根系腐爛的植株會躺在土上，任由潮濕的水氣成爲毒素，將它侵蝕。面對這樣的植株，他通常會將之拔除，除了避免影響到其他秧苗外，他總覺得那是某種無形力量對自己的暗示：身爲農人的他即使能夠守護生命的成長，也終究無法阻止命定的枯亡。

而今那片田地早已荒蕪，水氣都乾涸，即使架起陸橋，也不過是杯水車薪的澆灌。一直矇矓的意識中有些什麼反倒清明了起來，比起之前那樣模糊的蒙昧，清晰的大腦如刀一般切割起他的靈魂。

「阿公現在很喘，呼吸困難，家屬要插管嗎？」

陌生的聲音從未如此清晰地傳入耳中，他也從未如此明白地理解過這些字詞堆疊出來的意思。

他想張開口，想發出聲音，那是來自他內在最深處的聲音，於他現在的意識之中，那應該是清晰且高昂的聲音，然而最後脫口而出，卻只有一連串充滿水聲，氣泡破滅的聲音。

沒有人聽得見王武雄說的話，即使他努力的活動著逐漸僵硬，固化的身體，使那上面結塊的土屑紛紛落下，揚起細緻的粉塵，遮蓋住所有人機械的目光。

他還是無法逃離這裡，也無法揮動手腳，驅離圍繞在一旁的人們，阻斷他們窺視、觀察自己的目光。

火焰蔓生在肌膚上緩慢成長，那些細小的流火都深入表皮之中，牽制住臟腑，一點點向著深處延伸，終於一舉蝕癱了廣大的土地，帶來激烈且連續的痛覺。

聲音被火焰蒸乾，成爲咻咻的氣流聲，在搭建起的陸橋上流竄，從土地擴向空中，從透明的路徑離去，也從那空無一路的通道進入。

突然間，清晰的風聲響徹腦海，將四周的聲音都遮蔽，他濕潤的雙眼終於得以短暫清爽起來，在火燒的灼熱之中，清晰地望向近在面前的燦爛星辰。

「阿公你怎麼了？爲什麼會變成這樣子？」

王武雄霧白的雙眼迷茫反射對方的目光。透過那黑亮的星空，他看見了自己的模樣。

那是他嗎？

就如同秋末那些枯腐的稗草一般，伏在野地的莖幹已經無可挽回，在春去後的秋末，瀰漫著蕭瑟的死亡氣息。

他發不出聲音，蜷縮的五指緊握成打不開的拳頭。握不住兒子伸來的手，也無法安慰一臉懵懂的孫子。

春去之後是夏，將大地燒灼得炙熱，邁入秋末後將熄而未熄的流火為整個世界與大地帶來消亡。

眾生陷入一片無垠的永眠之中。

僅有少部分的生靈，它們能越過這條漆黑的通道，重新看見冬去後那一輪繁春。

第四章

殘秋之風

病床旁用以監測生命跡象的器械發出藍綠色的光，熄燈後的病房裡只有機器固定發出的打氣聲，以及監測各項身體數據的機器，發出的細微嗶嗶聲。

王舜弘看著面前這具枯瘦的身體。失去了支撐的人深深地陷入潔白的床墊中，那臉龐曾經是他最熟悉，佔據腦海無數回憶裡的樣貌，而今深深凹下的眼窩成了中空的洞，突出的顴骨也使記憶中的臉龐變形，變成令人陌生且害怕的模樣。

心電圖的餘光照在王舜弘臉上，帶著一種安寧且寂寥的味道，可躺在床上那人卻十分不安穩，除了空氣強迫打入他肺部的呼呼聲外，還有微弱的，從他喉間發出的，像是嘶啞般的喘息。

王舜弘不明白這是爲什麼。

明明自己做了最多人都會做的決定，可是躺在病床上的父親還是一天比一天惡化下去，原本健壯且布滿肌肉的身軀也如氣球消風一樣，很快地癟了下去，細弱的四肢像是一折就斷的樹枝，乾枯且僵硬地擺放在那裡；就像是一具死亡多時的屍體。唯一能夠確定他還活著的，只有機械灌入空氣時，帶動那塌陷下去的胸膛，微微起伏。

他坐在那裡，安靜的。這個晚上的窗外沒有月亮，事實上自從父親生病後，每個來這裡陪伴對方的晚上，窗外都沒有月亮。也許是醫院附近的樓房都太高了，遮擋住月亮柔和的光與身影。

父親什麼時候才可以好起來？可以恢復成那個不需要自己操心，並且自由活動的健康老人？

王舜弘握起了父親的手。每當靠近躺在床上一動也不動的他時，就能看見他失去彈性的皮膚上無數乾燥的龜裂；那是皮膚減少了分泌的油脂，又長時間待在冷氣房中，進而乾裂的痕跡。

即使他跟妻子再怎麼塗抹一層又一層的乳液或凡士林，仍舊無法修補這些逐漸惡化的裂紋。

近來爲了籌措父親住院的費用，王舜弘總是工作到很晚，甚至託關係多跑了幾個工地。他有老婆與孩子要養，有還沒有付清的貸款，還有各種雜七雜八的支出，面對沉重的醫藥費，也只有咬緊牙關，拚命賺錢。

上一次來這裡陪父親，已經是一個月前了。

這一個月的時間父親的病況沒有任何進展，從一開始還會偶爾睜開眼睛說話，到現在只能沉沉地躺在床上，任由呼吸機被動地一下下輸送空氣。

這個機器的構造始終令他十分困惑。他不能理解將一隻管子伸入喉中，爲什麼就能將空氣打入肺部。反覆且穩定起伏的胸膛令他有一種奇異的感覺，好像這些跡象與機器上顯示的圖表都不能代表父親生命的表現。

他心中有種幽微的感受，模糊且淡薄，而他無法進一步捕捉到那念頭的完整樣貌。

王舜弘握緊父親的手，那枯瘦的指骨令他有些難受，彷彿握著一掌的小石頭，每一處關節與骨骼都是冰冷且毫無生機的。

每當他靠近父親的身體替對方翻身時，都能嗅到一股腐敗的氣味。不同於肉類放在室溫中滋生細菌那樣強烈的臭氣，而是一種潛藏在更深層的，像是被什麼東西罩住了，隱約卻濃厚的氣味。它們透過父親氣切的開口向外散出，一點點地擴散在空氣中，形成了病房中特有的氣味。

王舜弘來醫院的夜裡都會躺在病床旁的椅子上，將折疊的椅子展開，瞬間就能多出另一個屬於他的空間，即使只夠容納他躺下並翻身，但他還是無比滿意地蜷縮在這僅有的地方。他總是在腦中想像躺在床上的父親偶爾會在夜深時張開眼睛，那時候極爲靠近的兩個空間就會相互交疊，將父親從那漫長的病痛之中拯救出來。

他一直等待，雖然閉著眼睛但並沒有睡著，時間流動的感覺在這片黑暗中被破壞，如果不是有護理師每兩小時巡視一次病房，不是他設定鬧鐘每兩小時起來幫父親翻身，他幾乎要迷失在其中，任由錯亂的時間將他吞噬。

走廊傳來忽遠忽近的腳步聲，隨著聲音一點點接近他們所在病房，他很快看清昏暗光線中，走進來調整點滴的身影。

「吵到你了喔？」

王舜弘起身的動作好似嚇到走進病房的護理師。她調整點滴的動作停止了一秒，隨後才再度恢復原本的工作流程，在表單上寫下紀錄。

「差不多要翻身了。」他說著來到病床旁邊，與護理師並肩，一同看著躺在那裡的枯瘦軀體。

「我來幫你。」護理師壓低的聲音不知爲何在他耳中聽起來有種奇異的歡快感，他不明白爲什麼自己會這麼想，但這段時間以來，他總是覺得自己不時能夠在這樣的場合聽見這樣的語調。

無論是照顧父親的看護，或者是協助檢查的護工，大家都用了同一種語調，好像橫亙在他們面前，發生在院中的這些生死，都不存在。

記憶中那健壯的軀體，童年時總是擋在自己面前，如山一樣寬闊的臂膀。曾經，他以爲這座山永遠不會倒塌。

他想起這種感覺在很久以前也曾發生過，那是在自己很小、很小的時候，母親拎著那個能將自己裝進去的包包，走出了家門。那天是個晴朗的好天氣，母親的心情似乎也與天氣一樣明媚，只是後來她再也沒有回家。

陷入被單的身體被他們輕易地搬動，短時間內下降的體重已經讓兩人可以更加輕易地擺布他的身體，那彷彿只剩下一層皮膚維繫著骨架的身軀，即使被突兀地拋落或移動，也不會給予任何反饋。

兩人熟練完成一系列動作後，護理師再度踩著輕巧的步伐離開，留下他一人與躺在床上的人相對著。

自己應該再度躺下，將巨大的身體塞進被摺疊椅開闢出的空間中，縮小在黑暗的角落，等待窗外的晨曦升起，放出的光芒足夠照亮滿是陰影的房間。

可距離日出畢竟太遠，在這樣深的夜裡，往窗外舉目望去，只能留下遍布在地面的燈火，向著漆黑的天幕映照，最後被厚重飄浮的雲霧覆蓋。

每一次，他都這樣等待著天亮。等待著初晨的光線驅散散落在現實中的迷離夢境。每當陽光照亮病床上那張乾枯的臉孔時，他就會更清楚地見到，那對雙眼緊閉著，連一絲陽光也無法透入。

他不知道自己重複了幾次起身的動作，也遺忘了設定好的鬧鐘到底響了幾聲，反覆來往病房與走道的護理師總是維持著相似的神情與步伐，直至破曉。

這一瞬間，他總有種錯覺，彷彿經歷的那些時間都濃縮成了剎那，又或者是他睜著雙眼作了一場清醒夢，夢醒來的瞬間，一切又恢復成了日常的軌跡，遵循著同樣的輪迴反覆。而他也在這瞬間，徹底錯失了帶回父親，希望中的未來。

王舜弘活動了僵硬的四肢，從自己臥躺了一夜的折疊椅上起身，將一切能夠透露自己來過的痕跡收妥。窗外的天色逐漸大亮，灼熱的光芒照在側臉，與室內冰涼的冷氣形成鮮明的對比。

病房外終於走來那道提示他離開的身影。

「我來照顧阿公了。」從走廊來到病房的身影有著一抹年輕的稚嫩，她的臉龐笑著，發音總帶著些微的誤差，彷彿是一首旋律特別的樂曲。

「阿公還好嗎？牛奶都有喝完嗎？」歌詞總是這些瑣碎的內容，當中偶爾也會夾雜幾許重大事件，以和聲的方式出現。

「等等我們要推阿公去做檢查，家屬要陪嗎？」跟隨在女孩身後進來的護理師爲這首曲子增加了落幕的休止音節，平靜的目光看著他，卻又彷彿穿過了他。

時空也許在此輪迴了，躺在病床上的父親輪迴著，每一日發生的事情也輪迴著，還有那些往來的人們，都深陷在同一個漩渦之中。

「我等等還要去上班，就不去了。麻煩妳幫我照顧他。」而他的每一次回答，也許亦是存在輪迴的一部分。

很快，那些人們就會圍繞著父親，將那一天比一天枯瘦的身體推走，送至一台又一台的器械前，那些運作的機器能夠徹底掃瞄人體的每一吋，令所有躲藏的病症都顯現，半點都無法隱藏。

一條條註記與病名在反覆的檢查中逐漸爬滿病例。可即使應對症狀的藥物一種種增加，治療計畫一次次更改，醫生無數次地與家屬討論，父親的身體還是一天天消瘦下去，將外面的世界隔絕。

他離開醫院的腳步帶著奇異的輕快與急迫。就像是他每次從生活中離開，驅車前往那片平靜的荒寂水域時，顯得那麼嚮往。

什麼時候到醫院陪伴父親成了一件難熬，且期盼趕快結束的事情？他感覺自己就像是一隻無力的螞蟻，在高聳的城牆下，凝望著那些發生在彼端且無可挽回的事情。

有人說黑洞坍塌之後會成爲白洞，而他卻不知道當生活的黑洞坍塌到極致時，觸底反彈的會是生機嗎？

問題無法輕易獲得答案，只能去驗證。而他已經走出醫院，重新駕駛著那輛隨他南北奔波的戰友，前往瀰漫塵土的地方。

這個月他僅有的假日已經結束了。剩下的只有無盡的工作，以及在那無法工作的深夜中，獨自一人凝視黑夜的寂靜。

□

她來到病床前時，阿梅正在照顧公公。

其實她不知道阿梅正確的名字，只是依稀聽著女孩的發音，覺得很像中文的阿梅，於是就這麼叫她了。

阿梅每天都會待在醫院照顧那個躺在床上的人，自己則代替老公，每日來醫院一趟，探望那已經不會再睜開眼睛的老人。

她與公公其實沒有太多感情。對他的印象也很淡薄，除了每次回家總會見到那張面孔，其他的幾乎一無所知。如果要說起她對他的印象，也許只剩下那些丟不完的蟬屍。

炎熱的夏日彷彿又鋪開在面前，混合著蟬鳴與微微焦味，那是田野間才會有的氣味。是泥土與乾草被太陽反覆炙烤、變質後乾燥的氣味，是都市所沒有的味道。

興許是對這罕見氣味的新鮮感，兒子經常自鄉間帶回各種東西，並將那些充滿原始氣息的東西擺放入房間。

她還記得某一天她失手打破那裝滿的玻璃瓶，從中飄散出一股難以言喻的氣味。後來無論她怎麼清掃，擺放空氣芳香劑，氣味都如生根般存在於房間中。那氣味與現在躺在床上，乾癟、深色，且薄如紙片的公公竟有幾分相似。

「他今天好嗎？」她淡淡地開口，視線落在不動彈的軀體上，彷彿那裡存在的並非是一個人，而是一個沒有生命的物體。

「阿公今天的狀況不錯。」每一次阿梅都這樣回答。但她知道那些語言都是沒有意義的，僅是與自己慣性的詢問一樣，作爲流程與過場。

被她牽在身邊的聿書同樣看著床上的人，就像是觀察著什麼新鮮的事物一樣。來醫院時，她總能見到那對大大的眼睛，一眨不眨地望著病床。

也是每一次，她都必須推一推他，阻止他過分專注地觀察。

「聿書，跟阿公說我們來了。」

孩子的身高只剛好超過病床一些，正在她低頭就能見到的位置，所以她總是能清晰地捕捉到對方眼裡一閃而過的迷惑，像是不能理解出現在面前，這個被叫作「阿公」的人是誰。

那也是沒有辦法的。距離公公住進醫院已經過了半年有餘，這期間最清晰感受到那些細微變化的，恐怕就是她與聿書。

但是連他們都不記得，是什麼時候開始所有人都習慣了。習慣這樣的日子，習慣病人逐漸變化的軀體，習慣來到醫院就響起那總是些微偏移的口音。

「阿公今天多喝了50ＣＣ的牛奶喔。」

阿梅興高采烈地說著，彷彿這是一件多麼令人開心的事情。可是那究竟算不算是喝？她不知道。目光隨之移向那洗淨並放置在床鋪旁小桌上的針筒與奶粉。

就像是給雛鳥餵食，他們會一次次反覆將那些融化於液體的養分，從鼻子延伸出的管路注入胃中，令躺在病床上的人在腐朽的氣味中散發出淡淡的奶香，傾刻之後發酵成微微的酸味。

她沒有對阿梅的欣喜做任何表示。反倒是已經看過了多次這種場景的聿書，說：「爲什麼阿公要喝牛奶？阿公又不是嬰兒。阿公喜歡吃滷肉飯。」

「因爲阿公現在沒有辦法吃飯，要等康復之後才能吃滷肉飯。」她回答兒子時，阿梅正蹲下身子，專心致志地將尿袋中的液體引流至尿壺中，彷彿那正是此時最重要的事。

聿書睜著明亮的大眼睛，緊緊地盯著床上躺著的人。他的雙眼緊閉，睫毛下覆蓋著皮膚萎縮後留下的皺紋，皺紋如同樹木縱橫龜裂的溝痕，一條條切割開原本熟悉的面孔。

也許過了很久，尿袋中的液體終於全數進入壺中並被阿梅倒掉，聿書的聲音才如同出風口吹下的冷氣。幽幽涼涼，似有若無。

「可是阿公說過，他肚子不好，不能喝牛奶。」

阿梅打開水龍頭，嘩嘩的水聲傾洩而出，順著空間漫開，傳入人們的耳膜，也淹沒那些細微的風聲。

「醫生跟我說，有一種要自費的藥，打了可能會對阿公有一點幫助。」阿梅關掉了水龍頭，從浴室出來。

她微微歪著頭，狀似思考，換了一個角度凝視公公，似乎這樣就能夠得出一些不同於以往的結論。

「我回去跟我老公討論看看，明天再跟醫生說。」不過就如同以往每一次回答，她仍必須徵詢那個幾乎不在場的人，掛著親屬的標籤，成爲全場唯一隱形的發言人。

毫無意外的回答，阿梅也微笑著點頭表示理解。然後一面替公公按摩，一面輕聲說。

「阿公生病也辛苦，你們也很辛苦。所以阿公要快點好起來喔。」

不知道爲什麼，那一瞬間她想起的，卻是那瓶在烈日下曝曬致死的蟬。

那樣的東西，被收藏起來，或是重新獲得生命，又有什麼意義呢？夏天都已經過去了，緊接在後的只有蕭條的秋日，與凜冽的寒冬。

□

「王先生，你爸爸的情況不太好，如果你有空的話可以多來陪陪他。」下一個沒有月亮的夜裡，他接到了這樣的通知。來到醫院的場景一如無數次的輪迴，仍是墜落滿地的星火，以及從停車場出來後昏暗無光的通道。

病房內的燈已經熄滅，廊道上的光自永遠不會關上的房門射入。他爲了陪護父親，要阿梅這幾天不必過來，並特別告假三天，帶著妻小一同在深夜中追分趕秒，就怕來不及趕上最後一刻。

然而躺在床上的父親與以往並沒有太多不同。只是面龐比上一次見到時更爲消瘦，手腳開始朝著奇異的方向蜷曲起來，只剩下骨頭的五指彷彿融凝成了一整塊，成爲一種再也打不開的物體。

「半夜我是沒有關係，但是聿書還是孩子，他需要休息。」

她一說話就彷彿是一根尖銳的刺，貫穿柔軟厚重的黑夜，闢出新的通路，無數的液體自那汩汩向外湧淌，每流失一些就帶走剩餘的熱度，直到整個房間陷入寒冷的冰封之中。

「他也是爸的孫子，難道不應該來送他一程嗎？」而他突破寒冷的溫度，強制操控僵硬且遲鈍的唇舌，以聲音震開那一層層攀爬的冰霜。

「我知道。可是醫生現在是說不太好，並沒有說爸他會……」她的聲音末尾逐漸低落下去，視線移向病床上的人，一時之間不知道自己該說什麼，又或者是應該發生什麼，自己與丈夫才會滿意。

站在父親的床邊，他試圖握住那隻乾枯變形的手，然而那卻像是無比沉重的鉛塊，他竟無法將凝結成一團的形體握住，以自己的體溫暖和指尖末梢的細微血路。

一旁機器發出相同的音高與頻率。呼吸器將空氣打入肺部的聲響與胸口的起伏一致，讓他有種父親仍強而有力地呼吸著的錯覺。

父親沒有睜開眼。疲累的妻與孩子拉開了躺椅坐下，正對著病床的出風口使他們的唇瓣乾裂，裂痕深深地下切入肉中，隱約可見紅艷的血色。

「我們不應該來給爸一些勇氣、依靠，讓他撐下去嗎？」

她的嘴唇開闔，想說些什麼終究吞了下去，不再發聲。

靠在她身邊坐下的聿書因爲這句話站起身。

「阿公怎麼了？爲什麼要一直睡在這裡？爲什麼不回家？」他奮力地攀上了欄杆，搖晃著沉沉睡著的人。

「聿書也希望阿公快點好起來對不對？我們要幫阿公加油，讓他撐過去。」

她不再說話，從她的角度看去，最清晰的是纏繞在那具軀體上的無數線路。有些深入血管將透明的水液送入，有些纏繞在指尖，隨時偵測他的生命徵象。

顯示著圖表的螢幕上，最清楚的是那條紅色表示心跳次數的波折線，並在旁顯示了八十的數值。

偶爾出神的片刻，她的目光總會飄向它，在恍惚間見到它變成一條直線，旁邊顯示出零。

靜謐的病房中，無事可做，也阻止不了丈夫與孩子開始一連串她不想參與的活動。

「阿公加油！」

「爸你要加油！不要丟下我們！」

「阿公我還要跟你一起去田裡玩！」

「爸，你再努力一下，陪著聿書到長大好嗎？」

公公的臉被兩人的身影擋住。只能見到那兩個人拚命說話，激動的身形搖擺，手腳顫抖，彷彿某種儀式。

喧鬧引來了輪班的護理師，她們站在門口向內窺探，無人願意踏過那一條彷彿隔絕了內外的界線，自風和日麗之處，乍然過渡到一片冰雪連天的荒原。

可站在床邊的兩人是絕對看不到這樣的情景的，此刻他們正沉浸在呼嘯的寒風中，關注那些不斷從機械裡壓出，充盈著公公肺葉的空氣。每一次的充滿與傾瀉都帶著一點腐朽的氣味，逐漸地擴散至每一吋角落。

她在這樣的風聲中感覺到些微的恍惚。就好像是獨自站在一片雪白的冰原，久了，總令人感受不到被寒冷侵襲的四肢，以及作爲獨立於所有景物的存在的自己。

周圍既沒有能夠溝通的同伴，也不可能出現與她相似形貌的衆生。當然，另一些形貌相似，呼嘯著共同頻率的風聲，也未必有在相互溝通。

興許他們都只是在迷惘地徘徊，發出求助的呼聲，也興許他們只是模仿著什麼，投射心中預想的場景。

人們總該有一個目標。就像是她，戰戰兢兢地規劃著每一天，期待順應自己鋪築的道路，通往那個期望的未來。而此刻，站在床邊的那兩人預期的未來，在這冰雪迷眼的地帶，是否實現了呢？

她的目光一直落在兩人身上。總覺得好像只有這樣，才能夠彌補自己在這一片景色中格格不入的感覺。

迴盪的聲音時弱時強，當強風吹拂過山巔，席捲著冰雪向下，他們就迎起身體，企圖用更加激烈的搖擺與語言，去抵抗那樣的力量。

然而這樣渺小，仍屬於人類的抵抗，畢竟無法抵抗來自環境與命運的影響。

當下切的風聲達到最高時，他的聲音也順著風聲傳遞了出來。

「阿爸！」

機器發出刺耳的嗚叫聲，接下來她的預感盡數成眞，平緩下來的圖表伴隨逐漸遞減的數字，那些運作時發出的細碎雜音，出奇地在報警的嗚叫聲中清晰起來。

「阿公！不要死！」

尖銳且急促的短音，一瞬間將時間靜止，層層的冰雪再度爬上周遭，將空氣都凝結，成爲一道橫亙在彼此之間的透明牆面。

他們的影像都在層層的折射中模糊，不知倒映在誰的眼裡。

「阿公不會有事的！聿書你不要擔心，阿公一定不會有事的！」

黯淡的光隱沒在深處，打破界線進入的護理師將兩人自病床旁隔開，這個冰封的房間也因此有了改變，成爲歸零的空白。

看著進出往來的醫護人員，有種夢幻般的感覺，又或者是一齣逼眞的戲劇，而他們就站定在原地，蜷縮在那一塊小小的、安全的觀看席上，靜靜等待著這齣戲落幕。

她甚至分神地想著，戲劇落幕時自己會哭嗎？又或者眞正的問題應該是：自己要哭嗎？那些都是耐人尋味且幽微，隱藏於台本下的情感。入戲太深的人往往無法走出那樣精心設計的場景，即使時空已經變換，扮演角色的演員們都已輪換，他們卻仍舊沉浸在那樣的時空之中。

沒有終結，與離開。

丈夫與聿書的背影逐漸被擁進的醫護人員逼退，一點點地向後，找不到任何理由與反駁的說詞，直到所有人都棄守到病房外，任由裡面發出不知是喘息又或是風聲的細微雜音，與機器運轉時的聲音一致，像是相互話起了家常。

他在門前踱步，與站在原地的聿書形成鮮明的對比。原本同一陣線的兩人瞬間被分割，處於同一時空，不同的世界。

聿書的眼睛裡有著光，明亮且溫暖，彷彿還是那個夏日，烈日照耀在他與阿公身上，藉由葉與葉的交疊，投射下那些斑駁殘缺的顯像。

可他的世界卻已經坍塌。沒有等待到必定升起的晨光，也沒有遇見想像中的情景。那個出現在腦海裡，一次又一次複習的，是每一個人都能共同前行的未來。

急促的腳步聲如擂鼓，震動著他的心臟。當人群終於從封閉衆人的時空中脫離，來到他面前，他一時間卻反而不知該給予什麼回應。

「阿公的狀況不太好，家屬要做侵入性急救嗎？」

自醫生口中吐出的清晰字句在一瞬間成爲了令人困惑的語言，即使他反覆在腦中回想著那一連串的發音，試圖去釐清那些字彙組合成的意思，但仍是一無所獲。

甚至連醫生的面孔也逐漸開始扭曲，從原本類人的模樣，逐漸壓縮、變形，成爲幻想故事中，那些搗蛋的妖怪或者怪物的模樣。

他遲遲沒有回應，專注地盯著醫師之後仍然不斷開合的嘴，卻發現連那些雜亂無章的發音都消失了，整個世界只剩下病房中機器運轉時，擠壓著空氣的風聲。

「王先生你考慮得怎麼樣？」

他感覺到自己的手心被某種溫暖的物體包覆住，迷茫地看向那裡，才發現是妻握了握他的手，目光中有著一點下雨的陰鬱。

「不要急救了吧。爸的年紀已經這麼大了……」

妻的話語像是醫院裡日夜的運轉空調，乾冷的空氣吹拂著肌膚，令水分都蒸發，直到出現的裂痕深深刻入內裡，令鮮血與肉綻開來。

他幾乎是本能反應地脫口。

「要救！怎麼可以不救？我怎麼可以放棄爸，不給他一個機會。」

他被自己的聲音震得頭昏，耳邊嗡嗡作響，似是海邊反覆掀起的浪花，當它一波波朝著岸上湧來，視野中就只剩下一片盛開在海面之上的浪花。漂蕩的，搖曳的，浸泡在充滿了無數雜質的水中，踩不到底。

白色影子轉身，如一片雪花，轉瞬間就融進了房間裡，再也找尋不著。

風聲停止了，人群嘈雜的躁動也停止了，隨之是更高亢且巨大的尖銳聲音，似是那些飄浮在空中的積雨雲，鋪天蓋地而來。

他屏息著，任由聲音一次次穿進他的耳膜，一次比一次響亮，終於即使摀住耳朵也無法隔絕，只能任由它們自由穿梭自己的身體，翻攪鮮紅的血液。總有些許的液體因此自眼角逐漸瀰漫，將那間純白的病房，染上暗褐的鐵鏽色。

一片混亂之中，只有站定在原地的聿書，他像是聽不見任何的聲音，也不曾看見到任何鐵鏽斑駁的痕跡。就如同平常那樣，清脆的童音中有著一種天生的歡快與活潑。

「他們在做什麼？爲什麼他們要對阿公做這些事情？」

「醫生正在努力救阿公，你也希望阿公快點好起來，再一起玩對嗎？」

他的視線停駐在仰起的臉上，自他烏黑的瞳孔中倒映出靑灰色的自己，還有那一片失眞的場景。

「是不是我們抓了太多蟬，所以阿公也變成蟬了？」

「你在說什麼？」

聿書的目光自他身上移向了模糊不清，人影晃動的病房內。

有那麼一瞬間，他覺得那些交疊穿雜的人影就像是樹葉，一層層遮擋射散下的光，而在那些葉片包圍的中央……

「他的手腳好細，身體好大。」

當他抓住那不斷發出聲響的物體時，因掙扎而拍動的翅膀會發出規律、有節奏的風聲，即使進入透明的觀察箱中，鳴蟬們也會將細瘦的肢體用力地縮起，藉此在一片光滑的塑膠之中保護自己龐大身軀的腹部。

他想那裡肯定乘載了什麼，即使失去自由，牠們也堅決不能妥協的事物；也或許是保護著僅剩的，屬於蟬的身分。

日落再日出後，牠就會死去。

保持著牠應有的姿態，慢慢僵硬在玻璃瓶中，即使在烈日的曝曬下，也依舊無損那些最細微的特徵，直到母親將牠們丟入垃圾桶。

而現今，那些被從體內大量抽取出的，噴濺的、曾經屬於生命的部分，正順著穿插錯綜的通道，一點點排入他們無法看見的地方，遵循著科學歸納出的法則，成爲了消散潰敗，非此非彼的存在。

□

由模具批量製作產出的消波塊，被海浪重複侵蝕後帶著一點晦暗的色澤，浪花每次撲來，都會帶走一些細微的粉末，長久以往逐漸將平整的表面掏挖得凹凸不平。那些龐大、堅硬的物體隨著時間碎裂爲細小碎片，小得無法察覺，輕得無法停留，最終只能順著潮水離開，消失在那一片沒有盡頭的地方。

屬於它的部分逐漸消失了，而那些藉由海潮運送而來的物體緊緊攀附在它的表面，形成一塊塊深淺不一的斑塊，也將它本來的顏色遮蓋。

順著自背後吹來的海風，他像是被隨手丟棄的塑膠袋，又或者是某些堆積在岸邊的保麗龍垃圾，被強烈的力量推擠著前進。

海風將他推向陸地的邊緣，在銳利的斷崖邊，只稍向下張望，就能夠清晰地看見那成群湧上的花，大朵地綻放。

他的身體順著推力輕鬆滑下斷崖，隨即被那些濃郁的顏色包圍，白色、淺綠色、暗藍色……他從未想過海中竟然存在著那麼多樣的顏色。而更令他驚訝的是，那些懸浮在海水中的細小顆粒，除了自消波塊上剝落的碎片，還有著更多、更多來自各種地方的部分，它們漂蕩在海中，或者形成如球一般的不明集合物，或者孤獨地各自分散，在成片的光照下，映出不同的海色。

王舜弘下意識摸了摸自己的身軀，感覺到手腳似乎已經開始融解，無數乘載自己的細小顆粒已經自身體中脫出，切斷彼此之間的聯繫，遊蕩在無人可觸及之處，直到這具軀體無法繼續維持原本的形體。

他不知道時間過去了多久，眼前多變的海色隨著逐漸變小的自己越發淡薄，最後只剩下一層淺淺的光，寄宿在僅剩的眼球中。

那抹光也消蝕後，他張開了眼睛，夜燈透著暖黃色的光芒，照亮睡在他身邊的妻，將她的五官都暈在一層柔和的陰影中。

他認出自己現在所在的地方不是工地，也不是醫院，而是家裡。剛剛的那一切體驗，都只是自己的一場夢而已。夢出乎意料地真實，海風濕黏的觸感、包圍著他的海水，還有那一點點失落，部分的自己。

身體起先變得很輕，然後什麼都感覺不到，意識也歸於一片混沌，他再也不能思考，分不清這樣的狀態持續了多久，直到自己看見妻子那張熟睡的面孔，他才確定那一切只是一場夢。

他沒有了睡意。藉著暖黃的夜燈穿上拖鞋，臥室地板上鋪著柔軟的地毯，感覺不到雙腳踏在地面的感覺，彷彿他仍漂浮在那片海中。充滿了散開的個體，相互交雜，分解。

順著光流動的方向，他去到另一扇門開啟的房間，那裡的裝飾與他們截然不同，像是踏入另一個世界，七彩的夜燈與繽紛的裝飾即使在黑夜中也醒目地凸顯著存在。

他藉著鮮豔的燈光去看兒子沉睡的面孔。他想不起來自己多久之前也曾看過這樣的場景，現實好像與記憶中的畫面有著微妙的差距，他卻無法知曉這樣的異樣感究竟是來自哪裡。

是房間的裝飾變動了嗎？還是正處於成長階段的孩子在自己離開時成長了？

王舜弘盯著那張睡臉看了許久，最後才終於從腦中過多的資料，找到了感到違和的原因……是表情。沉浸在夢境中的兒子臉上有一種相似的神情。

那樣的表情自己好像在哪裡看過，在很接近的時空中，也存在於很遙遠的回憶中。像是夢中自己翻滾在層層的浪花中，見到的那些，聚集起來，破碎且微小的粒子。

他側過頭，擺放在門旁的穿衣鏡中映照著自己的面孔，被多彩的光所暈染。紅橙黃綠藍的顏色，每一束光都混雜在其中，成爲巨大且渾沌的集合，投射在自己的面孔上。

他浸泡在光芒之中，朝著那扇擺在門邊的鏡子走去。冰冷的鏡面微微推擠著他向前伸展的手指，在他刺穿那層膜，整個墜入其中之前……他見到了自己的臉，與兒子那張熟睡的臉，相互交疊。

第五章

寂冬之末

「阿公，我們去那邊啦！那邊有好多好多的蟬。」

掛在天空中的太陽像是鑲嵌在補習班天花板上的日光燈，是一種強烈到令人昏眩的亮度，過度曝光的視野中出現一片短暫的黑夜，見不到任何的身影，只有不曾間斷的蟬鳴出現在耳旁。

「阿公，我不想去學校。」

被高明度的光模糊的臉龐轉過來向著他，只剩下黑色的眼睛，如同一片無法被照射的黑霧群聚，遮蔽了他的雙眼。

「爲什麼不想去學校呢？」

蟬叫聲震耳欲聾，將兩人的談話盡皆覆蓋，他聽不見被埋藏的聲音，只見到孩子高舉著捕蟲網，將編織細密的網袋伸向枝葉間，白色的兜網罩住一隻趴伏在樹幹上的蟬，反覆移動著網子的邊框將它自樹上摘下。

男孩手中多出一具銀灰色的身軀，四周劇烈的叫聲猛然止息。

「阿公，爲什麼夏天會結束呢？」

「當然會結束啊！不然要每天都這麼熱喔。」

孩子低下頭，視線凝聚在那一小點銀灰色，努力拍動翅膀的生物上，響亮的拍翅聲瞬間成爲最好的伴奏。

「可是夏天如果不會結束，暑假也不會結束了。」

阿公看著孩子，蒼老的臉龐微微皺了起來，像是對這番話不解又或者是不認同一樣。

「你爲什麼不想暑假結束？」

男孩終於將視線移向阿公，手上的那隻蟬也趁這時候脫離他的掌控，越過層層交疊的枝葉，飛向清澈的藍天。

天藍得像是能滴出濃郁的色澤，覆蓋住所有被籠罩之物，包含了那隻飛離的蟬，與受到樹冠庇佑的他們。

「如果暑假結束了，這些蟬不是都會死掉嗎？」

隨著他的問題，周遭那些棲息在樹枝上的蟬紛紛震動起翅膀，發出熱烈且巨大的鳴叫，就像此時已經是夏末的最後一天般，傾注了所有力量與生命吶喊。

他回過頭去，男孩已經消失了，只剩下阿公一人離開了樹冠的陰影處，目視著那一小點炙熱的日陽，光線照亮了那兩個凹陷的大洞，倏忽間，自其中飛出了無數的夏蟬。牠們群飛著，遮蔽住刺目的光線，直到厚厚的蟬雲遮蔽這一小片樹林。

男孩再度從樹梢後走出來，手中拿著空無一物的玻璃罐，透明的質感即使在陰暗的光線中，也閃閃發亮。

「如果將牠們保護起來，裝在玻璃瓶裡，向著陽光，牠們是不是就不會死？」

順著他的話語，漫天聚集的蟬又如降雨般落下，大而肥碩的銀灰色蟲體帶著光點，如星星那樣下墜，在他們的肩膀與頭上堆積出一座小丘。

只要他輕輕一動，身上的蟬就會落進那個空洞的玻璃瓶中，每一吋縫隙都被相互交織拼湊的蟬身填滿，成爲一整塊漆黑的固體，在那之中再也分辨不出彼此。

「如果他們可以活下來，是不是我就可以一直跟阿公待在這裡，不用再去學校與才藝班了？」

他張開了嘴，想要回應男孩什麼。卻發現自己失去了聲音，眼前的世界忽然模糊起來，就像是那些死去僵直的蟬，失去光澤的複眼再也照不出完整且明亮的世界。

迎面而來的漆黑將要吞噬掉他時，清脆的破裂聲乍然在耳邊響起，他再度睜開眼，才發現面前已經沒有那片漆黑與蟬雨，只有一地摔碎了的玻璃，夾雜著幾隻蜷曲著腿，已然死去的蟬。

阿公的身影落在遠方長長的小徑上，從彎曲的山徑一路向下，會通到那片鮮綠的田間，順著縱橫的田埂行走，盡頭是阿公那棟微微拔高的透天厝，白色的外牆磁磚已被風雨沖刷得泛黃、剝落。

只有他知道在那之中，是遠比美麗的高樓大廈與全新裝潢的室內，還更加舒適的，是即使回到有著屬於自己的房間，客廳也一塵不染的家中，仍感到懷念的。

他終於清醒過來，餘光見到僵死的漆黑蟬身，密集的複眼中映照出自己的模樣。

阿公的身影消失在那片通向稻田的小路中，再也見不到影子。

睜開眼，四周投射而來的七色撩亂光芒，是那盞桌面上固定變換色光的夜燈被打開了。

被夜燈亮起的世界邊緣有一道背影，像極了阿公一人沉默工作時的模樣，又像是每個星期，許多的夜裡，他都會看到的那張面孔。

他看著鏡子，鏡中有著自己與他，在色光轉換爲白的那一瞬間，都成爲阿公的臉龐。

□

聿書發現下午站在病床邊時，陽光會透過玻璃窗斜斜地照進來，落在阿公臉上。偶爾幾天不用上才藝班的日子，他總會在那樣的光中看著阿公。

自從那天以後，阿公顯得更加沉默了，除了不回應所有的呼喚外，原本偶爾微微抽動的手指也不再憑藉他的意志移動分毫，就像是僵硬了一樣。現在的阿公不再將手握成拳頭，而是任由它們微彎如勾爪的模樣，彷彿那些手指已經不再是他身體的一部分，有著自己的意志，如貓般弓起背脊，隨時計畫著逃亡。

它們摸上去帶著一種不同於正常肌膚的硬度，散發出奇異的氣味，並染上了一層比其他皮膚更黑的色澤，像是玻璃瓶中的那些蟬身。

起初還看得出淡綠色的翅脈，根據頭胸的色澤不同，可分爲深淺交雜的褐綠斑紋個體，與帶有金屬光澤與銀色短毛的個體。於後玻璃瓶中的蟬就像是隨著夏日一同消逝般，將身上的顏色都褪去，只留下乾枯、空心的「殼」。

曾經，阿公把那樣的變化叫作乾燥。失去了賴以爲生的重要成分，接受了過分的光照，令牠們無法再保留自己的色彩，統統成爲一個模樣。暗沉、輕易崩裂、失去重量。

聿書看著面前的阿公，自鬼門關走了一圈回來後，身上通滿了更多的管路，以及總是無法癒合的傷口，自身體內湧出的液體經常由那些破洞，一點點地向外淌。逐漸失去了他熟悉的模樣，不僅成爲了陌生的面孔，連氣味都是這麼的陌生。

「阿公今天沒有什麼事情，牛奶也有喝到一百五。」

這段逐漸脫水的日子裡，所有人的態度都有不同程度的轉變。首先是陪伴在阿公身邊的阿梅，雖然她依然在衆人每一次進到病房時揚起輕快的語調、響亮的招呼，但談論的內容已經從「阿公一定很快就能出院」、「阿公今天狀況很好」，變成了對日常瑣事的簡單交代，且重複了太多次相同的事物，連情感都顯得平板麻木。

「辛苦妳了，這些日子都麻煩妳照顧我爸。」

父親在那之後經常出現在醫院。無論是天色大亮時，又或者是病人家屬必須離開的夜間時段，聿書幾乎在每一種時段都看到過他。

他的側臉通常很沉默，偶爾暴露在窗外射入的光線之中，偶爾在夜間熄燈時，沒入如海洶湧的黑暗。

父親不知爲何突然空出很多時間，雖然照顧阿公的工作還是交由阿梅處理，但他總是會花很多時間在旁邊等待。

聿書不明白父親在等待什麼，不過他卻很清楚自己等待著什麼。在下一個炎熱的夏季來到時，當蟬鳴又開始大量響起時，他覺得阿公就會康復了。從這一片雪白的冰封處離開，與自己一同回到那窄小且泥濘的道路，上頭堆疊被反覆踩踏的枯萎小草，在陽光下鮮艷而明亮，混雜在一片青蔥的綠色中，遠遠就能見到這彷彿路標一樣的記號。

他還等待著那樣的情景再次重現。期待著阿公如蟬蜷曲起來的肢體舒展，雖然他從來沒有親眼見過……那些被蒐集起來的蟬總是在下一個夏季前被丟棄，但他其實相信著牠們都會在明年的暑假到來時，再度復活。

拉了拉父親的手，他將自己等待的情景告訴對方。希望父親也能見到每年反覆輪迴的夏日，與自己最期盼，總是在記憶中重複演練的情景。

然而父親的雙目卻流露出了害怕且悲傷的光芒，粼粼閃爍的光斑明滅，偶爾成爲無光的海，偶爾成爲倒映星海的湖。

「阿公生了很嚴重的病，也許不能再跟你去抓蟬了。」

父親的聲音很輕，像夏季裡若有似無的微風。雖然如此，但人們總是能在極端的酷熱中，察覺那一絲絲的涼意。

母親、阿梅，還有正從病房門口進來的護理師們都一致向父親投去了目光，他們的眼神就像是火炬，明晃晃的，照亮那些隱匿在淵底的黑影，令它們無所遁形。

「來幫阿公做檢查喔。他今天排尿正常嗎？有抽痰嗎？」

護理師問問題時目光總是向著阿梅，因爲只有她才能準確且肯定地回答出每道問題。不知爲何，阿梅每一次回答的聲音總是很模糊，音節快速，像是被迫當面傾訴一個不可告人的祕密，於是總是想盡快結束這個例行公事。

父親的目光每每都會緊鎖在兩人的談話中，不過他終究沒有移動自己的身體，也沒有對這一切情況做出其他反應。

護理師隨後拿起一根細細的管子，將那東西探入阿公開出了洞的喉嚨上，有咻咻的吸氣聲，是比阿公平常借助機器呼吸還要更大的聲響。他忽然想起在最初的時候，這個聲響都會讓父親與母親的臉上露出不同的表情。

擔心、盼望與悲傷，他們輪流出現著各種神情，直至現在，剩下的只有無措與茫然。

目光盡責地照向護理師的手，忠誠地將每個動作都收入眼底，無論是從中吸引出的混濁分泌物，又或者是那些因爲外物入侵，夾帶在管壁中的紅色血絲。

偶爾，他會看到從那個大洞中吸出一大片鮮紅的血跡，艷色的軌跡順著透明的管線一路移動，去到那個收集了無數黏稠液體的瓶罐裡，也將細管染得鮮紅。

艷麗的顏色進入裡面，就像是碎裂在海裡再也無法被拼湊起來的細小分子，它們保留著一定程度的顏色，隨意地散布在罐子中，在黃白交雜的分層之中，拓展出粉色的軌跡。

很多次，他看著那罐東西，噁心地乾嘔起來。無法相信那樣的東西是來自於阿公的喉嚨，出自於阿公那肌肉線條明顯，反覆接受陽光曝曬，帶著乾燥氣味的身體。

父親與母親則在反覆的機器吸引聲中變得無動於衷，最後所有人都換上了同一張臉。當護理師將使用過的透明塑膠管丟入垃圾桶時，當阿梅將病床上喉嚨被打開的阿公的上半身搖下時，所有人的臉上都結了霜，堅硬僵直，凝固每一吋的肌肉。

也就在這時候，他再一次聞到了不尋常的氣味。

那個裝有無數蟬身的玻璃罐被丟棄在垃圾桶，瓶蓋因碰撞鬆脫那一刻，僅僅是那一瞬間，他曾嗅到這樣的氣味。

很長一段時間他一直認為那是垃圾桶中散發出的氣味，複雜的，難以言喻的，一種濃縮得彷彿固化的氣味。

而現在，他知道了……那是生命腐化過後，產生的氣味。

□

後來他們理解到，在遙遠的報章雜誌裡，醫學奇蹟偶有發生，而更多時候，生命都遵循著最大發生概率轉動，即使偏差，通常也十分微小。

最終在某一個月亮缺席了的夜裡，王武雄安靜地離開了這個世界。除了阿梅外，沒有任何人趕上機器發出刺耳警告的那一瞬，螢幕顯示的生命徵象由平緩下切，突兀地歸零。

沒有人知道在一次又一次來回的角力之中，王武雄是否還保有自我的意識，心底是否還存在著想望。希望完成什麼，或者發生什麼。

除了冰冷儀器發出刺耳的警告聲外，再沒有半點聲音。

他們只是來到現場，默默地看著這一切發生。像是水滿到極限時形成的表面張力，只要沒有外力將互相拉扯的水分開，滿出杯口的液體就永遠不會崩落；人與人之間也有著這種奇異的默契。

遺體被蓋上白布轉往地下室，跟在父母身後的聿書被遮蔽在兩人形成的障蔽後，只能自縫隙窺探阿公泛白的臉色，以及那些布滿著裸露在外的肌膚，大大小小發黑的傷口。

他終於強烈地感覺到異樣。好像躺在那裡的人不是他的阿公，而是另一種更為遙遠，不可理解的東西。

遺體得在靈堂擺放八小時。黑盒子般的機器反覆吟唱著一樣的音節。雖然如此，他卻總是聽錯那些相同的發音，每一次的輪迴唸誦，他總是將一、兩個字音聽錯成其他意思。

那個盒子發出的聲音逐漸因爲無法聽清而顯得陰森，地下室點著數盞暖黃的燈，將整個空間照亮。他覺得有些像是父母親的臥室，也總在漆黑的夜裡亮起黯淡的燈光。

王武雄出殯那天，遠近親疏的人們都聚集到格局方正的廳堂中。聿書注意到他身上那些泛著黑紅的傷口都消失了，凹陷的臉頰也微微地豐盈起來，開在喉嚨上的大洞被嶄新的衣物遮掩住。

阿公的四周擺滿了黃色的蓮花、元寶。那些都是他與父母花費了好幾個晝夜，不眠不休摺出的。起初，蓮花就是蓮花，後來聿書越摺，就越覺得那是一個小型的ＵＦＯ，能夠將人帶離這個世界與維度，去到更高的次元。

阿公的棺木裡塞滿了這樣的機器，他想，阿公一定可以去到很高、很遠的空間。父親也是這麼說的。

「阿公去了一個美麗的地方，到那裡他就不會再生病了，也不會再有痛苦。」

這麼好的一個地方，肯定離這個世界很遙遠。他將目光看向父母親，然後又見到自己映射在嶄新且光亮的棺木上，扭曲的影子。

所有人都靜默後，棺木被蓋上，推送至火化場。

聿書終於聽見一句，自己能夠清晰明白的話。

「爸，火來了，快點跑！」

耳邊霎時充滿了這個聲音。隨著聲音起落，消失在他們視野中的棺木伴隨著灼熱的溫度襲來。聿書忽然覺得在這個狹小的區域中，有著夏天的氣味。那些灼熱焦枯的感受，都在一月的隆冬回來了。

棺木裡的阿公是否會感覺到熱呢？是否和跟他一起去抓蟬時那樣，即使喝下一大罐結冰水，戴著帽子，打著赤膊，仍然忍不住地說熱。

熱。很熱。

所以要快點跑。

蟬鳴的聲音漸漸地大了起來。那些褐綠色的、灰黑色的，體型大小不一的蟬，朝著這裡飛來。牠們震動翅膀的啪啪聲蓋過了父親持續的喊叫。

隨即，蟬們全數飛進了通紅燃燒的火焰，牠們在自己見不到的那個空間中，與棺材一齊，放肆且恣意地發聲。

火燒的鳴叫密集得像正在舉辦一場盛大派對，此起彼落且互相遮蓋，響徹整個空間。

隨著叫聲深深烙印在記憶中，那是某個再熟悉不過的午後。

「人活著就是要動，如果光吃不做事，跟死了有什麼差別？我每天起來就是要來田地裡看看，不做些什麼就渾身不對勁。勞碌命啦！」

那時向著父親這麼說著的阿公，臉上神情驕傲，他牽著自己，才剛從濃密的林蔭中回來，手中捧著裝滿的觀察箱，額頭上掛著大小不一的汗珠。

他回過頭去看。才發現所有人都因為這個突發且不再輪迴的夏日，被蒸紅了雙眼。

而火焰依舊熊熊地燃燒，任由直達高空的煙囪吐出濃濃的煙塵。將那些碎屑與粉末，都帶往那片自由的天空。跑，快點跑。

這次阿公終於可以，再次走上那崎嶇的山路，與自己一同傾聽那些細碎零星的蟬鳴。

□

喪假結束後，阿公的住處也從老家，醫院，落腳在了離家較近，一處有著奇異建築的地方。

聿書無法確切說出阿公之後的居所的稱呼，不過入住那天他與父親都去過那個地方。通往高塔前會先穿過一片樹林，冬天濃厚的水氣凝結在樹幹與葉片上，空氣中瀰漫著潮濕的氣味。

他無法知曉這片林蔭至暑假時是否會有蟬，如果有，也許阿公還能再參與跟自己的祕密活動。

不過後來他很快就發現，那樣的期待是不切實際的。阿公離開後的下一個暑假，他再也沒有離開家，也不曾去過任何地方。不用上學後空下來的時間被更多才藝、補習佔滿，他每天盤旋在不同的教室裡，一三五向東，二四六向西。星期日母親會陪他在家裡看書，偶爾父親也會回來，帶著他去到某座水塘，教他如何釣魚。

水塘沒有蟬鳴，他再也沒有抓過蟬。被他的魚鉤拉起來的魚每一尾都很小，在乾燥的土地上跳動，僅僅數分鐘，就不再動彈，也沒有聲音。

父親釣上來的魚雖然很大，但他們通常不將這些魚帶回家。因爲母親不喜歡這些太過自然，未經處理的東西。

釣魚時總是很沉默。父親偶爾會幫他拉竿，偶爾會教導他怎麼鉤魚餌，但那些都是偶爾。他們最常出現的動作就是眺望著這一片樹林環抱的池塘，周圍傳來一些鳥聲與蛙鳴，很奇怪，夏日的蟬彷如在那一日滅絕，再也不曾聽聞。

□

王舜弘不知道爲什麼開始頻繁地作夢。夢裡經常是一道又一道上岸的海潮，白浪退去後留下瀕死的小魚，在烈日的曝曬下逐漸變質，最後成爲另一個全然不同，卻能夠以乾枯姿態永恆存續的樣貌。

小魚在每一次的夢境中堆疊，最後溢滿整個夢。變成湖泊、變成小河、成爲大海。四處都是牠們風乾後遺留下的腐朽腥味。那味道十分熟悉，他似乎在哪裡聞過，只是夢裡的他不曾想起來。

而每次醒來，他就反覆思考起夢境的含義。是他太過渴望安定與不變的生活，所以才會在夢境中一次次地累積著已然變質的魚體嗎？還是那其實都只是對生活不滿的具現？由那些只剩下空殼，中心早已腐朽，不能夠被稱之爲生命的肉塊展現。

後來的某一天，他站在案場中，看著人們來回地忙碌，揚起滿屋子的塵土，原本充滿回憶的屋子眨眼就成爲一座空城。他發現所有人都是這樣的，只要外在用以固定形體的結構不改變，內裡即使經歷無數次的翻修，即使與記憶中的模樣再不一樣了，也無傷大雅。

他曾經以爲留下個外殼，或者說結構，就代表著存在。

然而那一天他站在即將被改建爲商用空間的案場前，環視那被重新設計裝修，裝飾華美卻用料便宜、劣質的空間；既不符合人類的習慣動線，也不符合居家的收納方便，更無法長時間供人停留，早就不適宜人居。但是工程還是如火如荼地進行，將那個曾經充滿回憶的內在打除，換上吸引目光的內裝與陳設，廉價的材料散發出各種複雜的揮發性氣味。

他想起入塔那天自己捧著骨灰站在那。穿著鮮黃色道袍的法師站在最前方，嘴裡唸唸有詞地吟唱，雖然大多數的字句都無法令人聽清，卻帶給了他一種安定的力量。

所有事情終究都會來到盡頭。他的執念與堅持都隨著經聲，溢散在這片濕潤且多雨的樹林，風拂過樹梢時會發出沙沙如海潮的聲響，將一切吞沒，亦包括那時站著的自己。

沒頂的潮水中，散溢的經聲再也沒有浮起。

《蟬鳴與魚夢》完

後記

這部作品本來預計要以比較理性的角度去探討生命與死亡這件事情，但在書寫途中我發現沒有辦法完成這件事情，也許是因爲死亡勾起的第一反應始終是情感吧。

小說本來的名字是《向生而死》，是相對於「向死而生」的概念爲出發點命名的。比起用以提醒世人，必須認眞看待生命本身的意義這件事情，我可能更在意的是：人的生命每一秒都面臨死亡。這些死亡很日常，平常到根本不會被發現，比如說朋友的離開，或者是曾經有過某個念頭，最後放棄了……我認爲這都算是一種微小的死亡，而人生的軌跡卻是由一次次微小的死亡堆疊，最後通向終點。生命的旅途充滿了許多失去，要怎麼撫平這些失去後的情緒，是需要許多時間去覆蓋的。

成書時，考慮到也許需要一個比較好記的題目（怕大家都記成「向死而生」），爲此我跟編輯討論了很久，才選定了現在的題目：《蟬鳴與魚夢》。

值得慶幸的是我的記憶力很不好，所以可能會在這本書完成之後的幾年，忘記曾經寫過什麼，到時候也許就能夠完成一開始預計的目標：以一個比較理性的眼光，眞正去審視生命與死亡這兩個對等存在的概念，究竟代表了什麼，又有著怎麼樣的意義。

最後，這本書能順利出版，除了很感謝給我鼓勵的總編育如、陪我討論的責編亘亘，還有每一個默默幫助這本書的人，以及購買了書的你們。

也許文字無法眞正對抗死亡與消逝，但它起碼可以在閱讀的瞬間，留下一些痕跡。

汪恩度

國家圖書館出版品預行編目資料

蟬鳴與魚夢 / 汪恩度 著.
— — 初版.— —台北市：蓋亞文化，2025.05
面；公分.（島語文學；16）

ISBN 978-626-384-189-5（平裝）

863.57 114004062

島語文學 016

蟬鳴與魚夢

作　　者　汪恩度
封面插畫　Manting
裝幀設計　張巖
責任編輯　盧韻亘
總 編 輯　沈育如
發 行 人　陳常智
出 版 社　蓋亞文化有限公司
地址：台北市103承德路二段75巷35號1樓
電話：02-2558-5438　　傳眞：02-2558-5439
電子信箱：gaea@gaeabooks.com.tw
投稿信箱：editor@gaeabooks.com.tw
郵撥帳號 19769541　戶名：蓋亞文化有限公司
法律顧問　宇達經貿法律事務所
總 經 銷　聯合發行股份有限公司
地址：新北市新店區寶橋路二三五巷六弄六號二樓
電話：02-2917-8022　　傳眞：02-2915-6275
港澳地區　一代匯集
地址：九龍旺角塘尾道64號龍駒企業大廈10樓B&D室
電話：+852-2783-8102　　傳眞：+852-2396-0050
初版一刷　2025年05月
定　　價　新台幣300元
Published and printed in Taiwan

ISBN 978-626-384-189-5

本書獲文化部青年創作獎勵

GAEA

GAEA